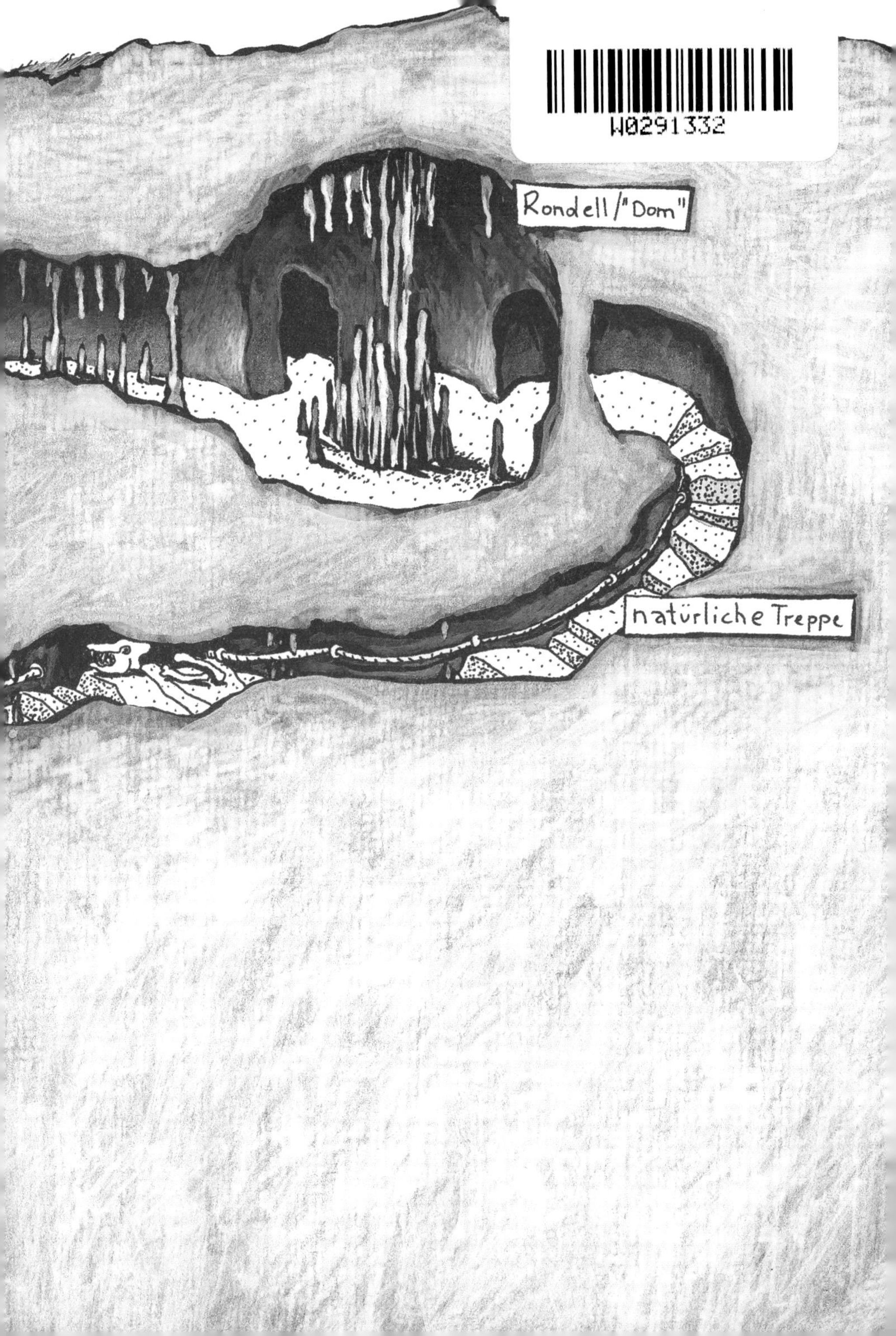
Rondell/"Dom"
natürliche Treppe

Marliese Arold

Time Travel – Gefangen in Pompeji

Marliese Arold, geboren 1958 in Erlenbach, studierte Bibliothekswesen in Stuttgart. Seit 1983 schreibt sie erfolgreich Kinder- und Jugendbücher, die bislang in dreizehn Sprachen übersetzt wurden.

Marliese Arold

TIME TRAVEL
Gefangen in Pompeji

Mit Illustrationen von Karoline Kehr

Klopp · Hamburg

In der Time-Travel-Serie von Marliese Arold sind erschienen:

In der Falle des Zauberers
Der Wächter der Pyramide
Die Maske des Piraten
Gefangen in Pompeji

Einband und Illustrationen von Karoline Kehr
Satz: UMP GmbH, Hamburg
Reproduktion: Die Litho, Hamburg
Druck und Bindung: GGP Media, Pößneck
Printed in Germany 2004
ISBN 3-7817-0183-2

www.klopp.biz

Inhalt

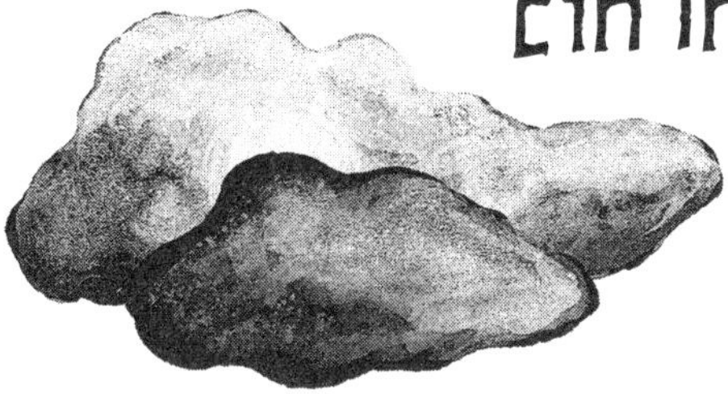

Ein Intelligenztest für Archie

Es war Samstag und mein Onkel, der Prof, hatte am Abend zuvor angekündigt, dass er heute mal so richtig ausschlafen wollte. Er arbeitet im Albert-Einstein-Institut und hatte in den letzten Tagen etliche Überstunden machen müssen.

Ich war schon um sechs Uhr wach und beschloss, mir und Major, unserem schwarzen Labrador, ein wenig Bewegung zu verschaffen, indem wir einen gemütlichen Spaziergang machten. Das heißt, eigentlich war der Spaziergang alles andere als gemütlich, denn es regnete unentwegt, genau wie in den vergangenen Tagen. Es war der verregnetste Sommer meines ganzen Lebens – und ich bin immerhin schon dreizehn!

Als wir von unserem Rundgang nach Hause kamen, hockte Onkel Magnus zu meiner Verwunderung bereits am Tisch. Er schien aufs Frühstück zu warten, wirkte nervös und hatte Ringe unter den Augen.

»Pech für dich. Marie-Lotte ist immer noch kaputt«, begrüßte ich ihn. Marie-Lotte ist unsere Küchenroboterin – das Glanzstück unseres vollautomatisierten Haushalts. Leider hatte sie ihre Mucken und funktionierte nur, wenn sie Lust hatte. Und bei dem ewigen Regenwetter

schien sie ihre Lust endgültig verloren zu haben. Ich sag's ja immer – Frauen!

»Benjamin«, murmelte der Prof und rieb sich nachdenklich die Bartstoppeln (das war ungewöhnlich, denn normalerweise erscheint er NIE unrasiert zum Frühstück!), »was hältst du eigentlich von Archie?«

»Ausgesprochen netter Kerl«, antwortete ich.

Ungelogen! Archie ist der sympathischste Computer, den ich kenne. Außerdem der klügste. Der Prof hatte ihn gebaut, damit er unsere Zeitmaschine steuerte. Genau genommen ist Archie nicht nur ein Computer, sondern eine KI – eine künstliche Intelligenz.

Und ausgerechnet damit schien der Prof an diesem Samstagmorgen ein Problem zu haben.

»Archie hat uns ins einundzwanzigste Jahrhundert zurückgeholt, als wir in der Vergangenheit festsaßen«, sagte er. »Das ist eine eigenständige Entscheidung und eine gewaltige Gedankenleistung. Er war unser Retter in der Not. Ein COMPUTER! Das gibt mir zu denken.«

Ich kapierte nicht, worauf mein Onkel hinauswollte. Fragend sah ich ihn an.

»Du musst doch zugeben, Benjamin, dass das sehr ungewöhnlich ist«, meinte der Professor. »Was hältst du davon?«

»Na ja«, ich hob die Schultern, »Archie mag uns eben!«

»Er mag uns«, wiederholte der Prof mit einer Miene, als hätte er eine Kröte im Mund. »Genau das ist es ja. Er denkt. Er entscheidet. Er mag uns. Er hat Gefühle.«

»Stimmt. Und?«

»Was habe ich da für ein Monster geschaffen? Ich komme mir vor wie Frankenstein!«

Ich verschluckte mich. »Archie ein Monster? Und du Frankenstein?

Jetzt übertreibst du wirklich, Onkel Magnus!« Kopfschüttelnd zauste ich Major das Fell. Unser Hund war heute ausgesprochen zärtlichkeitsbedürftig und wuselte mir ständig um die Beine herum. »Schon gut, Major, schon gut!«, beruhigte ich ihn. »Was ist nur los mit dir?«

Major winselte. Das war ganz und gar ungewöhnlich.

»Hoffentlich wird er nicht krank«, sagte ich.

Der Prof hörte mir überhaupt nicht zu. Gedankenverloren starrte er vor sich hin.

»Ich frage mich, wie intelligent Computer werden können. Findet die Evolution jetzt auf einer anderen Ebene statt? Könnte es sein, dass sich nicht der Mensch fortentwickelt, sondern dass die Krönung der Schöpfung irgendwann ein Computer ist – schlauer und schneller als das menschliche Gehirn? Ist es denkbar, dass eines Tages Netzwerke die Herrschaft übernehmen?«

»Brrr«, ich schüttelte mich, »klingt total nach Sciencefiction. Computer steuern alles und die Menschen sind ihre Sklaven. Onkel Magnus, du hast zu viel Fantasie.«

»Ob es nicht besser wäre, Archie zu verschrotten, bevor es zu spät ist?«, fragte er.

»Du spinnst!« Vor Empörung schnappte ich nach Luft. »Er hat uns gerettet und du ... du willst ihn umbringen ...«

In diesem Augenblick spazierte Melanie zur Küche herein.

Melanie Jeschke ist so alt wie ich, aber superklug. Mit ihrer Arbeit über das Paarungsverhalten bei Wasserschildkröten hat sie bei Jugend forscht den ersten Preis abgeräumt. Genau wie Thomas Pahl, der ein neues Betriebssystem für Computer erfunden hat. Als Belohnung dürfen die beiden drei Wochen lang bei uns wohnen. Naja, eigentlich haben sie natürlich vor allem einen dreiwöchigen Aufenthalt im Albert-

Einstein-Institut gewonnen. Mein Onkel sollte sich gleich um sie kümmern, weil die Leute im Institut glauben, dass er nichts Vernünftiges zu tun hat und nur Däumchen dreht. Wenn die wüssten, dass der Prof eine Zeitmaschine gebaut hat! Aber das ist vorläufig noch topsecret. Melanie und Thomas wissen natürlich Bescheid, aber sie haben geschworen, kein Sterbenswörtchen an Uneingeweihte zu verraten.

Melanie hatte meine letzten Worte mitgekriegt. Sie erbleichte. »Umbringen?« Ihr Blick wanderte zum Prof. »Um Himmels willen, WEN?«

Ich winkte ab. »Das musst du nicht ernst nehmen. Vergiss es. Er hat nur schlechte Laune. Ist auch kein Wunder – bei dem tristen Wetter!«

Aber Melanie war hartnäckig. »Jetzt sag schon, worüber habt ihr geredet?«

Ich stöhnte. »Über Archie. Onkel Magnus will Archie verschrotten, weil er Angst hat, dass er klüger wird als er.«

»Echt?« Melanie runzelte die Stirn und blickte den Prof fragend an.

Der hob beschwörend die Hände. »Ich mache mir eben Sorgen, dass meine Erfindungen außer Kontrolle geraten. Es ist ja allein schon ein Irrsinn, eine Zeitmaschine zu bauen. Damit kann man die Vergangenheit manipulieren und den Verlauf der Geschichte ändern. Was für ein Risiko! Und jetzt auch noch Archie ... Ich dachte einfach, eine künstliche Intelligenz könnte ganz nützlich sein. Offen gestanden habe ich überhaupt keinen Gedanken daran verschwendet, dass so ein intelligenter Computer eigenmächtig eingreifen und Dinge nach seinem Willen regeln könnte. Die Sache wächst mir über den Kopf!!« Er stützte die Ellbogen auf den Tisch und sah ziemlich verzweifelt aus.

Melanie machte ein belämmertes Gesicht und ich klopfte dem Prof tröstend auf die Schulter.

»Aber Archie ist wirklich ein netter Typ, Onkelchen. Wegen dem brauchst du dir bestimmt keine Sorgen zu machen!«

»Ja«, stimmte Melanie mir bei, »der tut bestimmt nichts, was uns schaden könnte. – Gibt's hier eigentlich schon Kaffee?«

Dass sie Kaffee wollte, wunderte mich. Normalerweise trank sie zum Frühstück immer Milch. Sie ernährt sich sehr gesund und isst aus Prinzip kein Fleisch, weil ihr die armen Tiere Leid tun, die dafür sterben müssen.

Unser Haushalt sollte eigentlich vollautomatisiert sein, aber die Technik hatte in der letzten Zeit ihre Mucken. Vor allem dass Marie-Lotte uns nicht mehr bedienen konnte, machte uns dabei schwer zu schaffen. Doch zumindest funktionierte die Kaffeemaschine, auch wenn wir uns den Kaffee selber einschenken mussten.

Melanie holte Milch und Zucker. »Verschrotten wäre dumm!«, sagte sie und setzte sich zu uns an den Tisch. »Wer soll denn dann die Zeitmaschine steuern? Außerdem hab ich Archie inzwischen echt ins Herz geschlossen.«

»Cornflakes?«, fragte ich.

Melanie nickte.

Auch das war neu. Melanie und Cornflakes?!

Ich nahm drei Schüsseln aus dem Schrank, füllte sie mit Cornflakes und Schokoflocken und stellte sie auf den Tisch. Melanie goss Milch über ihre Portion und schaufelte wortlos alles in sich hinein.

Der Prof machte es genauso.

Gegen das große Schweigen half nur eines: Ich schaltete das Radio ein. Es kamen gerade Nachrichten. Thema Nummer eins waren die anhaltenden Regenfälle, die in den neuen Bundesländern für heftige Überschwemmungen sorgten. Ganze Dörfer versanken im Wasser.

»Schlimm«, murmelte Melanie. »Keine Frage – das Klima verändert sich. Man hat ja lang genug davor gewarnt. Hat aber keiner darauf gehört. Jetzt kommen die Folgen. Und die Überschwemmungen sind sicher erst der Anfang.«

Der Prof hob den Kopf. »Bei solchen Katastrophen wird deutlich, wie machtlos die Menschen im Grunde sind. Sonst denken sie ja immer, dass sie alles im Griff haben. Aber in Wahrheit sind sie Naturgewalten wie Sturmfluten, Erdbeben oder Vulkanausbrüchen ziemlich hilflos ausgeliefert.«

Melanie nickte nachdenklich.

Huch, das war ja ein noch schrecklicheres Thema als die Verschrottung von Archie! Ich drehte am Radioknopf, bis ich fröhliche Popmusik fand, die uns alle aufheitern sollte. Aber Onkel Magnus grunzte nur abfällig.

»Muss das sein, Benjamin?«

Es musste natürlich nicht. Ich schaltete das Gerät aus und hockte mich wieder zu den anderen an den Frühstückstisch. Major schob winselnd seinen Kopf zwischen meine Knie. Ich kraulte ihn an den Ohren.

»Was ist nur mit dir los, Alter?«

Auch er schien einen schlechten Tag zu haben. Offenbar waren die meisten Lebewesen um mich herum, egal ob Mensch oder Tier, heute total mies drauf. Ich seufzte. Das konnte ja noch lustig werden!

»Mensch, Benjamin! Komm schnell!« Melanie stand am Fenster und deutete aufgeregt hinaus. »Die helle Scheibe da am Himmel, was ist das?«

Benjamin stürzte herbei. Vielleicht hatte er ja jetzt die einmalige Chance, ein Ufo zu sehen. Seriöse Wissenschaftler – beispielsweise die Kollegen seines Onkels – behaupteten zwar, die Wahrscheinlichkeit, dass Außerirdische die Erde besuchten, sei reichlich gering, doch Benjamin wollte sich gerne eines Besseren belehren lassen.

Als er neben Melanie aus dem Fenster schaute, konnte er jedoch nichts Außergewöhnliches entdecken.

»Was meinst du?«

»Die Scheibe dort. Bist du blind? Was ist das?«

Benjamin blickte Melanie groß an. »Spinnst du? Das ist die Sonne, das sieht man doch.«

Melanie grinste. »Wirklich? Die Sonne? Sollte sie sich uns nach all den Regentagen tatsächlich zeigen? Wow!«

Jetzt kapierte Benjamin endlich, dass sie ihn auf den Arm genommen hatte. Das konnte er überhaupt nicht vertragen. Reichte es nicht schon, dass Melanie superschlau war? Musste sie ihre geistige Überlegenheit auch noch dauernd raushängen lassen?

»Blöde Ziege«, knurrte er. »Find ich überhaupt nicht witzig.«

»Mann, du bist vielleicht ein Miesepeter«, konterte Melanie. »Verträgst überhaupt keinen Spaß. Du solltest echt mal 'ne Therapie machen. Freust du dich denn gar nicht, dass es endlich aufgehört hat zu regnen?«

Benjamin zuckte die Achseln. Unter normalen Umständen hätte er sich natürlich darüber gefreut, dass endlich ein Stückchen blauer Himmel zu sehen war. Aber Melanies arrogante Art hatte ihm mal wieder alles verdorben.

Schlecht gelaunt, die Hände in den Hosentaschen, sah er zu, wie Melanie einen Liegestuhl auf die Terrasse schleppte. Dieser roch schon muffig, weil er so lange mit einer Plastikplane zugedeckt gewesen war. Man hatte ihn ewig nicht mehr benutzt. Melanie rückte ihn in die Sonne, dann verschwand sie in ihrem Zimmer und kam fünf Minuten später in einem äußerst knappen, braunschwarz getigerten Bikini zurück. Ihre Beine wirkten darin endlos lang. In der Hand hielt sie eine große Flasche Sonnenmilch. Als sie an Benjamin vorbeistolzierte, fauchte sie: »Pass auf, gleich fallen dir die Augen raus!«

»Pass du lieber auf, dass du keinen Sonnenstich kriegst«, zischte er zurück. Das war Ironie pur. Die Sonne schien noch dermaßen schwach, dass man beim Sonnenbaden im Bikini eher eine Gänsehaut als einen Sonnenstich bekommen würde. Er fand ihren Aufzug einfach völlig albern.

»Sonnenlicht, in vernünftigem Maße genossen, wirkt stimmungsaufhellend auf die Psyche«, wurde er von Melanie belehrt. »Solltest du auch machen, damit du endlich deine Depressionen loskriegst.«

Benjamin warf ihr einen wütenden Blick zu. Was gingen die Zicke denn seine angeblichen Depressionen an?

Benjamin hatte vor fünf Jahren seine Mutter verloren. Seither lebte er als Pflegesohn bei seinem Onkel, der ihn liebevoll aufgenommen hatte. Aber der Verlust der Mutter schmerzte Benjamin noch immer. Seit ihrem Tod hatte er sich ziemlich abgekapselt und es sich angewöhnt, sich bei Problemen in sein Schneckenhaus zurückzuziehen – obwohl reden vielleicht besser gewesen wäre. Deswegen war Professor Magnus Ambrosius auch insgeheim froh, dass Melanie und Thomas eine Zeit lang zu Besuch waren, denn so war Benjamin gezwungen, aus seiner Isolation herauszugehen. Die beiden hatten es geschafft, dass Benjamin endlich mal wieder unbeschwert lachen konnte und Spaß an der Gesellschaft von Gleichaltrigen hatte.

Doch jetzt machte Benjamin ein finsteres Gesicht. Er hatte große Lust, Melanie für ihre freche Bemerkung zu ohrfeigen. Aber es war natürlich verpönt, ein *Mädchen* zu schlagen. Also reagierte er auf seine übliche Weise: mit verkniffenem Mund und Einsilbigkeit.

Er muffelte noch immer herum und ließ gerade seine Wut an Marie-Lotte aus, als Professor Magnus Ambrosius mit ein paar Zetteln in der Hand in die Küche kam.

»He, Sportsfreund, was ist los? Ich dachte, du wolltest den Roboter reparieren anstatt ihn noch mehr zu demolieren!«

»Zicke«, knurrte Benjamin nur.

»Wie? Marie-Lotte?« Magnus hob verwundert die Augenbrauen.

Benjamin deutete stumm in Richtung Terrasse. Der Professor reckte den Hals und erblickte Melanie, die sich im Liegestuhl räkelte. Unwillkürlich entwischte Magnus' Lippen ein leiser Pfiff. Für weibliche Reize hatte der Professor nämlich durchaus einen Sinn. Und Melanie im Liegestuhl war wirklich ein hübscher Anblick.

Melanie, die Ohren wie ein Luchs hatte, hörte den Pfiff und hob genervt den Kopf. Auf der Nase trug sie eine blau getönte Sonnenbrille. Sie blätterte in einer Zeitschrift. Das Heft enthielt keine Schmink- und Flirttipps, wie es für ein Mädchen in Melanies Alter zu erwarten gewesen war, nein, es war natürlich eine Ausgabe von *Science,* einem Wissenschaftsmagazin.

»Zicke«, wiederholte Benjamin, diesmal mit Nachdruck.

»Na, na«, bremste Magnus ihn. »Melanie ist schließlich unser Gast.«

»Na und?«, schnaubte Benjamin. »Deswegen braucht sie noch lange nicht zu denken, dass sie sich alles rausnehmen kann. – Wie sie daliegt! Reine Angeberei! Und mit dem Heft will sie uns nur wieder mal beweisen, wie schlau sie ist. Dabei liest sie in Wirklichkeit bestimmt heimlich *Mangas*!«

Zu allem Überfluss trabte nun auch noch Major auf die Terrasse, legte sich neben Melanie und himmelte sie an. Benjamin war schockiert angesichts dieses Treubruchs seines Hundes.

Professor Ambrosius klopfte seinem Pflegesohn beruhigend auf die Schulter.

»Was auch immer zwischen euch vorgefallen ist – vergiss nicht, Melanie ist doch normalerweise sehr nett. Streitereien gehören nun mal zum Leben. Es ist nötig, sich mit seinen Mitmenschen auseinander zu setzen und auch mal andere Meinungen gelten zu lassen.«

»Pffff!«, machte Benjamin nur und verdrehte die Augen. Jetzt gab sich der Prof total cool und tolerant. Aber was war mit den Tagen, an denen er verärgert aus dem Institut zurückkam und über seine Kollegen herzog, die ihn arrogant behandelt hatten? *Streitereien gehören zum Leben?* Lachhaft!!

»Kommst du mit zur Tropfsteinhöhle?«, fragte Magnus, für den das Thema damit erledigt war.

»Was hast du vor?«, wollte Benjamin wissen.

Der Professor wedelte mit seinen Blättern. »Ich werde mit Archie einen kleinen Test machen. Mich interessiert, wie weit er mit seiner Entwicklung fortgeschritten ist.«

»Du willst Archie doch nicht wirklich abschalten?«, fragte Benjamin misstrauisch und versuchte, einen Blick auf die Zettel zu erhaschen. Doch der Professor presste die Papiere rasch an seine Brust, sodass Benjamin nichts lesen konnte.

»Ich denke nicht«, antwortete Magnus zögernd. »Außer die Testergebnisse zwingen mich dazu.«

»Was ist das für ein Test?«

»Eine Art Intelligenzprüfung.«

»Und wann schaltest du ihn ab?«, fragte Benjamin nervös. »Wenn er zu dumm ist oder zu schlau?«

»Ich werde ihn abschalten, falls ich den Eindruck habe, dass sich seine Persönlichkeit gefährlich stark entwickelt hat und er beispielsweise anfängt, sich für Gott zu halten«, war die Antwort des Professors.

Benjamin überlegte einen Moment. »Kannst du Melanie nicht auch irgendwie abschalten? Vielleicht gibt's da irgendwo 'nen Ausknopf!«

Thomas hatte in seinem Zimmer an seinem Laptop ein Computerspiel gespielt und mühelos die nächsten beiden Levels erreicht. Etwas gelangweilt speicherte er den Punktestand unter seinem Spielernamen MORPHEUS ab und schaltete das Gerät aus. Spiele waren keine echte Herausforderung für ihn. Die meisten liefen nach bestimmten Prinzipien ab und waren leicht zu durchschauen. Thomas fand es viel spannender, selbst zu programmieren und auf der Befehlsebene des Computers zu experimentieren. Er überlegte gerade, ob er vielleicht selber ein Spiel entwickeln sollte – eines, das noch nie da gewesen war – , als es an der Tür klopfte.

»Ja?«

Benjamin trat ein. In seinen Augen lag ein so sorgenvoller Ausdruck, dass Thomas automatisch von seinem Stuhl aufsprang.

»Ist was passiert?«

»Noch nicht. Aber ich garantiere für nichts. Der Prof redet nämlich davon, dass er eventuell Archie abmurksen will –«

»WAS?«

Mit wenigen Worten teilte Benjamin Thomas seine Befürchtungen mit. »Ich hab mir gedacht, es ist besser, wenn du dabei bist«, meinte er. »Du bist ja schließlich Computerexperte und vielleicht kannst du den Prof hindern, etwas Unüberlegtes zu tun. Auf mich hört er bestimmt nicht.«

»Klar komme ich mit.« Thomas sah sich um. »Ich muss nur schnell meine Regensachen zusammensuchen. «

»Kannst du dalassen.« Benjamin deutete zum Fenster. »Es hat nämlich aufgehört zu regnen.«

»Unfassbar«, sagte Thomas und betrachtete den Streifen blauen Himmel, der inzwischen sogar noch ein Stück breiter geworden war. »Ist man gar nicht mehr gewohnt.«

Er folgte Benjamin die Treppe hinunter. Als er Melanie auf der Terrasse erblickte, grinste er breit.

»Oh, eine Sonnenanbeterin ...«

Melanie schaute über die blaue Sonnenbrille. »Wollt ihr weg?«

»Nur mal nachgucken, ob die Zeitmaschine noch nicht rostet«, antwortete Benjamin. Er hatte keine Lust, Melanie etwas von dem Intelligenztest für Archie zu erzählen.

»Aber ihr macht keine Zeitreise, oder?« Ihrer Stimme hörte man an, dass sie Angst hatte, etwas zu verpassen. »Sonst zieh ich mich schnell an.«

»Haben wir eigentlich nicht vor«, sagte Thomas.

In diesem Augenblick piepste Melanies Handy, das neben ihr lag. Sie griff nach dem Gerät und starrte auf das Display.

»Eine SMS von deiner Mutter?«, fragte Thomas.

Melanie nickte. Ihre Mutter war Verhaltensforscherin und hielt sich gerade in Afrika auf, um wilde Gorillas zu beobachten.

»O Schreck, sie schreibt etwas von einer Giftschlange. Zum Glück hatten sie das passende Serum da.« Melanie war ganz blass geworden. Sie hob den Kopf und sah die beiden Jungs gequält an. »Ich hätte sie verlieren können ...«

»Ja, dann kannst du dir vielleicht auch vorstellen, wie mir damals zumute war, als meine Mutter starb«, rutschte es Benjamin heraus. Die Bemerkung konnte er sich nun doch nicht verkneifen.

Melanie biss sich auf die Lippe. »Okay, okay. Frieden.« Sie streckte ihm die Hand entgegen. »Ich sag manchmal Dinge, die ich nicht so meine. Rutscht mir einfach so raus. Und hinterher tut's mir Leid, was ich aber nie im Leben zugeben würde.«

»Jetzt hast du es aber zugegeben«, meinte Thomas.

Sie grinste ihn an. »Ich arbeite an mir.«

Benjamin zögerte, dann ergriff er Melanies ausgestreckte Hand. »Okay, Frieden.« Er schüttelte sie übertrieben, ließ sie los und steckte die Hand dann in die Hosentasche.

»Soll ich wirklich nicht mitkommen?«, fragte Melanie noch einmal.

»Muss nicht unbedingt sein«, meinte Benjamin und versuchte, Major an seine Seite zu locken.

»Okay, auch gut«, sagte Melanie. »Dann kann ich wenigstens weiterlesen. Das Heft ist ziemlich interessant und ich will schließlich auf dem Laufenden bleiben.« Sie vertiefte sich wieder in ihre Zeitschrift.

»Komm mit, Major«, forderte Benjamin den Labrador auf. »Sei nicht so faul. Wir haben schon lange keinen Spaziergang mehr gemacht.«

Major hob den Kopf und wedelte schwach mit dem Schwanz. »Keine Lust«, hieß das.

»Lass ihn doch hier bei mir«, bat Melanie. »Dann hab ich wenigstens ein bisschen Gesellschaft.«

Sie winkte den Jungs träge zu. Benjamin und Thomas gingen über die Terrasse in den Garten, wo der Professor auf sie gewartet und mit kritischem Blick einen völlig verlausten Pfirsichbaum betrachtet hatte.

»Ciao, bis später«, rief Magnus Melanie zu und hob grüßend die Hand.

Gleich darauf bogen die drei um die Ecke und waren verschwunden.

Melanie lehnte sich zurück, schob ihre Sonnenbrille zurecht und griff wieder nach ihrer Zeitschrift. Interessiert las sie das Kapitel über »Nahtod-Erfahrungen«. Der Verfasser behauptete, all diese Erlebnisse hätten mit chemischen Vorgängen im menschlichen Gehirn zu tun und seien kein Beweis dafür, dass ein Jenseits tatsächlich existierte. Nachdem Melanie den Artikel überflogen hatten, fielen ihr die Augen zu, das Heft rutschte zur Seite und sie döste ein.

Eine unfreiwillige Reise

Melanie hätte an dem Psychoquatsch sicherlich ihre Freude gehabt, schoss es Benjamin durch den Kopf, während Magnus Ambrosius dem Computer etliche Fragen stellte.

Archie antwortete mit der Begeisterung eines kleinen Kindes, das stolz darauf ist, sein Wissen unter Beweis stellen zu können. Ob er ahnte, dass es um seine Zukunft ging? Oder ob er das Ganze für ein Spiel hielt – eine Art Quiz?

»Angenommen, du müsstest dich entscheiden, Archie«, sagte der Professor. »Du könntest entweder dich retten oder einen von uns. Beides zusammen ist ausgeschlossen. Wie würde deine Entscheidung aussehen?«

»Menschen zu retten, ist mein oberstes Gebot«, erwiderte der Computer ohne zu zögern. »Notfalls muss ich auch meine Zerstörung in Kauf nehmen. Aber ich hoffe natürlich, dass so eine Situation nicht eintreten wird.«

Thomas hörte mit unbewegtem Gesicht zu, bemüht, seine Aufregung nicht zu zeigen. Er konnte die Bedenken des Wissenschaftlers gut nachvollziehen. Die meisten Dinge hatten zwei Seiten, eine positive und eine negative. Es war wichtig, über mögliche Folgen nachzugrübeln, sonst konnten große Gefahren entstehen – was beispielsweise die Erfindung der Atombombe gezeigt hatte. Und so schön einerseits die Vorstellung war, dass ein Computer eine eigene Persönlichkeit entwickelte, so bestand eben andererseits auch die Möglichkeit, dass diese Persönlichkeit böse wurde oder größenwahnsinnig …

Insgeheim war Thomas froh, dass Melanie nicht dabei war. Als Mädchen würde sie natürlich jetzt total emotional reagieren, weil sie den sprechenden Archie »süß« und »knuffig« fand. Auch Benjamin war eigentlich voreingenommen, denn er betrachtete Archie quasi als Familienmitglied. Eine tiefe Sorgenfalte stand auf Benjamins Gesicht. Doch bisher schien Archie noch keine falsche Antwort gegeben zu haben.

Die Fragen wurden kniffliger.

»Wer, glaubst du, hat dich erschaffen?«, fragte Professor Ambrosius.

»Sie sind mein Schöpfer«, antwortete Archie wie aus der Pistole geschossen. »Ihnen verdanke ich meine Existenz. Von Ihnen habe ich alles gelernt, Sie sind mein Meister.«

Magnus räusperte sich ein wenig. »Und wer, glaubst du, hat mich erschaffen, Archie?«

Archie zögerte kurz. »Ihre Eltern«, antwortete er dann. »Sie hatten Sex miteinander, eine Samenzelle vereinigte sich mit einer Eizelle, und nach sieben Monaten kamen Sie zur Welt. Sie mussten die ersten Wochen in einem Brutkasten verbringen. Einigen Theorien zufolge sind zu früh geborene Kinder oft sehr intelligent, weisen aber in ihrem späteren Leben manchmal emotionale Defizite auf, was zu zwischenmenschlichen Problemen führen kann – in Ihrem Fall mit den Frauen ...«

Der Professor ließ die Zettel sinken. Er schnaubte. »Wie kannst du das wissen?«

»Das weiß doch jeder«, rutschte es Benjamin heraus.

Magnus' Schwierigkeiten, was das weibliche Geschlecht anging, waren ein offenes Geheimnis. Erst vor kurzem war er von Vivian, seiner letzten Freundin, verlassen worden. Danach war er tagelang mit einer fürchterlichen Leidensmiene herumgelaufen. Archies Sensoren hatten dies natürlich auch wahrgenommen.

»Das mit den Frauen meine ich nicht«, sagte Magnus und starrte Benjamin und Thomas an. »Woher weiß er das mit dem Brutkasten? Das steht in keiner Biografie und in keinem Pass. Nur ganz wenige Menschen wissen davon, und ich hab Archie bestimmt kein Wort darüber erzählt.«

»Stimmt, das wusste nicht einmal ich«, musste Benjamin zugeben.

Archie behauptete jedoch, seine Informationsquelle sei Magnus selber gewesen.

»Allerdings ist Ihr Denken dem meinen manchmal so ähnlich, dass es sich auch um eine nonverbale Information gehandelt haben könnte.«

»Nonverbal?«, fragte Benjamin verständnislos.

»Gedankenübertragung«, erklärte der Professor und erbleichte. »Archie hat mein Gehirn angezapft. Ich bin erschüttert!«

Wie um seine Worte zu bestätigen, bebte plötzlich der Erdboden. Die Tropfsteinhöhle, in der sie sich befanden, schien ins Schwanken zu geraten.

Magnus klammerte sich an Benjamin fest und dieser stützte sich gegen die Zeitmaschine.

»Hör auf damit!«, brüllte Benjamin in höchster Panik, überzeugt, dass Archie die Erschütterung ausgelöst hatte. Offenbar hatten die Fragen den Computer völlig durcheinander gebracht ...

»ARCHIE«, übertönte Magnus seinen Neffen, »sofort aufhören!«

»Ich ... ich bin unschuldig, Meister«, ertönte Archies Stimme aus dem Lautsprecher, unterbrochen von statischem Geknister. »Das ... das ist ein echtes Erdbeben ...«

Wieder wackelte die Erde.

Thomas registrierte alles in seiner Umgebung mit fotografischer Genauigkeit. Sicher würde die Höhle gleich über ihnen einstürzen. Dies war das Ende und das, was er sah, war der letzte Eindruck seines Gehirns. Die Decke mit den Tropfsteinen. Der Höhlenfluss, der links und rechts an der Insel vorbeiströmte, auf der sich die Zeitmaschine befand. Die hölzerne Brücke, die von der Insel zum Ufer führte. Dort stand die mächtige Computeranlage – Archie –, die mit dem Computer in der Zeitmaschine vernetzt war.

»Stopp, Archie«, schrie der Professor, der offenbar nicht wahrhaben wollte, dass Archie nichts für das Beben konnte. »Mach sofort Schluss!«

Archie stöhnte. »Meister, ich bin kein Mörder! Ich bin ... ALLE FESTHALTEN!«

Ein weiterer Erdstoß. Thomas gelang es, sich an die Einstiegsluke der Zeitmaschine zu klammern, während Benjamin mit aufgerissenen Augen sah, wie die Höhle in weißem Nebel verschwand.

Gleißende Helligkeit. Ein unbeschreiblich schönes Licht und mittendrin eine Gestalt, die heranschwebte und ihre Arme ausbreitete.

»Herzlich willkommen.«

»Sie behaupten, du bist nur eine chemische Reaktion«, sagte Melanie.

Jetzt war das Gesicht des Lichtwesens zu erkennen. Ein Lächeln und liebevolle Augen.

»Eine chemische Reaktion? Ich?«

»Na ja, im Gehirn ...«

»Aber nein, was für ein Unsinn«, sagte die Gestalt. »Ich bin ein Engel ...«

An dieser Stelle endete Melanies Traum und sie erwachte. Die Ausgabe von *Science* war ihr von den Knien gerutscht und neben dem Liegestuhl auf den Boden gefallen. Der Himmel hatte sich wieder völlig bezogen und die Sonne war hinter den Wolken verschwunden. Fröstelnd bückte sich Melanie nach dem heruntergefallenen Heft, noch immer verwirrt von ihrem Traum.

Als sie das Heft aufheben wollte, schien ihr die Terrasse entgegenzukommen. Im ersten Moment dachte Melanie, dass sie ihr Gleichgewicht verloren hatte und aus dem Liegestuhl kippte. Dann merkte sie, dass die ganze Umgebung wackelte. Das Haus, die Terrasse – alles bebte.

Melanie schrie, während sich Major mit eingezogenem Schwanz auf die Erde presste.

Es folgten noch einige weitere Erdstöße, die ein wenig schwächer waren, dann war alles wieder ruhig – wie ein Spuk, der plötzlich aufgehört hatte.

Melanie zitterte am ganzen Körper. Sie war vor Angst wie

gelähmt. Plötzlich schoss ihr durch den Kopf, dass sie lieber die Terrasse verlassen sollte, falls der Balkon über ihr herunterbrach. Bei Erdbeben war man auf freiem Gelände sicherer, das hatte sie irgendwann mal gelesen. Doch sie war unfähig, sich vom Fleck zu rühren.

Erst durch Major löste sich ihre Starre. Der Hund kam zu ihr und schmiegte sich an sie. Melanie fing automatisch an, ihn zu streicheln.

»Ich glaube, das war ein Erdbeben, Major. Hast du auch solche Angst wie ich?«

Der Labrador winselte. Melanie streichelte ihn weiter, während ihr Blick zögernd nach oben glitt. Es sah nicht so aus, als ob der Balkon einstürzen würde. Auch die Hauswand schien keine Risse zu haben. Vorsichtig, als könnte durch ihre Bewegungen ein weiteres Beben ausgelöst werden, kletterte Melanie aus dem Liegestuhl. Ihre Beine waren weich wie Pudding und schlotterten unkontrolliert.

Es war niemand da.

Wenn doch jemand in der Nähe gewesen wäre! Selbst Benjamin, der manchmal so unausstehlich sein konnte, wäre jetzt ein Trost. Doch das Haus war völlig verlassen.

Melanie holte tief Luft. Sie dachte an ihre Mutter, die manchmal auch ihren ganzen Mut zusammennehmen musste, um sich den Gorillas zu nähern. Einmal hatte sie bei der Begegnung mit einem ausgewachsenen Gorillamännchen – einem Silberrückenmann, wie sie es genannt hatte – Höllenängste ausgestanden. Sie war sich keineswegs sicher gewesen, ob der Menschenaffe sie angreifen oder ihre Gegenwart akzeptieren würde. Er hatte sie akzeptiert – zum Glück.

Alle Sinne in Alarmbereitschaft und entschlossen, bei Gefahr sofort den Rückzug anzutreten, ging Melanie durch die Terrassentür ins Haus. Ihr Blick wanderte umher. Nirgends waren Spuren von Zerstörung zu entdecken, alles sah aus wie immer. Trotzdem schlug Melanies Herz so laut, dass sie glaubte, man könnte es bestimmt kilometerweit hören. In der Küche stand Marie-Lotte mit sturem, eisernen Blick – unbewegt. Der Kühlschrank summte wie gewohnt vor sich hin. Also war der Strom nicht ausgefallen. Vielleicht waren sie noch mal glimpflich davongekommen. Melanie atmete tief durch und versuchte, sich zu entspannen.

Auf ihrem weiteren Kontrollgang durchs Haus fiel ihr Blick auf das Telefon. Schon hatte sie den Hörer in der Hand und wählte den Notruf der Polizei.

Besetzt.

Wahrscheinlich riefen dort gerade Tausende von Leuten an, die genau wie Melanie in Panik geraten waren. Melanie schnitt eine Grimasse. Einer plötzlichen Eingebung folgend, ging sie zurück in die Küche und schaltete das Radio an. Genau in diesem Augenblick wurde das Musikprogramm unterbrochen.

»Wie uns soeben gemeldet worden ist, wurden heute gegen elf Uhr fünfundvierzig weite Teile von Baden-Württemberg von einem Erdbeben erschüttert. Das Epizentrum lag bei Reutlingen. Das Beben hatte eine Stärke von 4,5 auf der Richterskala. Ob es zu Personen- oder Sachschäden gekommen ist, ist noch ungeklärt. Bei der Polizei und der Feuerwehr laufen zurzeit die Telefone heiß ...«

Melanie beruhigte sich etwas. Es war tröstlich, dass die anderen Leute offenbar genauso erschrocken und verunsichert waren wie sie. Und anscheinend war ja kaum etwas passiert. Trotzdem hätte sie sich wohler gefühlt, wenn sie jetzt nicht so allein gewesen wäre. Sie setzte ihren Kontrollgang durchs Haus fort, prüfte, ob die Schalter und Lampen funktionierten und ob nichts umgestürzt war. Sie ging sogar in den Keller und schnupperte, ob irgendwo vielleicht Gas austrat. Aber alles war in Ordnung.

Melanie kehrte ins Erdgeschoss zurück. Plötzlich fiel ihr siedend heiß ein, dass der Professor mit den beiden Jungs zu Archie in die Höhle gehen wollte, bevor sie draußen im Liegestuhl eingeschlafen war. Hastig wählte sie die Handynummer des Professors. Hoffentlich war ihnen nichts passiert! Teile der Tropfsteinhöhle konnten eingestürzt oder der Zugang verschüttet worden sein ...

Angespannt lauschte Melanie in den Hörer. Zuerst hörte sie gar nichts, aber dann sagte eine Computerstimme:

»Der gewünschte Teilnehmer ist im Moment nicht erreichbar. Versuchen Sie es später noch einmal.«

Beunruhigt legte Melanie auf. Das konnte Verschiedenes bedeuten. Die harmlose Variante: Der Prof hatte vergessen, sein Handy einzuschalten. Die schlimmere Version: Er und die Jungs lagen unter Gestein begraben und das Handy war beim Einsturz kaputt gegangen ...

Aber es gab auch noch eine dritte Möglichkeit: Die drei hatten die Zeitmaschine doch benutzt und hielten sich jetzt irgendwo in der Vergangenheit auf ...

Melanie stöhnte. Die Ungewissheit machte sie verrückt. Sie starrte noch einmal aufs Telefon. Sinnlos. In die Vergangenheit konnte man nicht telefonieren, das war noch nicht einmal dem genialen Professor gelungen.

Sie biss auf ihren Nägeln herum – eine Angewohnheit, die sie eigentlich längst abgelegt hatte – und dachte nach. Was sollte sie tun? Falls die drei tatsächlich verschüttet waren, würde die Polizei nach ihnen suchen müssen. In diesem Fall zählte jede Minute. Je länger man wartete, desto geringer waren die Überlebenschancen. Allerdings würden die Rettungsmannschaften mit ziemlicher Sicherheit auch auf die technischen Anlagen und die Zeitmaschine in der Tropfsteinhöhle stoßen – und dann würden eine Menge Erklärungen notwendig sein.

Überhaupt konnte es ernsthafte Schwierigkeiten geben, weil Professor Magnus Ambrosius die Entdeckung der Tropfsteinhöhle verheimlicht und die Höhle für seine eigenen Zwecke benutzt hatte ...

»So ein Mist!«, sagte Melanie laut.

Jetzt ärgerte sie sich, dass sie vorhin nicht mit den anderen mitgegangen war.

»Komm, Major«, sagte sie entschlossen. »Es hilft nichts. Wir müssen zur Höhle, nachschauen, was mit den anderen passiert ist.«

Sie lief in ihr Zimmer, zog sich rasch um, steckte ihr Handy ein und machte sich dann mit dem Labrador auf den Weg.

Keine Ahnung, was in Archie gefahren war. Wir klammerten uns alle wie die Blöden an der Zeitmaschine fest. Es war unsere einzige Chance. Wenn einer losgelassen hätte, dann wäre er für immer im Zeitstrom verloren gewesen!

Es war eine Höllenfahrt!

Ich hatte das Gefühl, dass die Geschwindigkeit diesmal nicht gleichmäßig war, sondern manchmal langsamer wurde, stockte und dann wieder zunahm. Ab und zu ruckte die Zeitmaschine und einmal hätte ich um ein Haar losgelassen!

Der Nebel des Zeitstroms war unheimlich ...

Ab und zu tauchten zwischen den Schwaden Landschaften auf – leuchtend bunt und klein wie Spielzeug. Manche Dinge standen auch auf dem Kopf, was mich enorm verwirrte.

»Spinne ich?«, rutschte es mir heraus. »Mann, da macht einer Handstand in der Luft. Nein, er hängt verkehrt herum an einem Baum ... Oder ist es ein Galgen?«

»Zeit-Fata Morganas«, keuchte der Prof neben mir. »Sie ... spiegeln Ereignisse wider, die längst stattgefunden haben oder ... oder die erst noch stattfinden werden.«

Okay, das war eine Erklärung, die wieder mal keiner richtig begriff. Viel lieber wäre es mir gewesen, ich hätte gewusst, wann unsere Fahrt endlich zu Ende sein würde. Ich hatte inzwischen einen Krampf in den Fingern und befürchtete, dass ich demnächst loslassen würde.

Dann, mit einem Mal, setzte die Zeitmaschine irgendwo auf. Der Stoß schleuderte uns alle rückwärts auf die Erde und presste uns die Luft aus den Lungen.

O Hölle, dachte ich, ganz betäubt vor Schmerz, das ist also das Ende ...

»Wo sind wir?«, fragte Thomas benommen.

»Keine Ahnung«, murmelte der Prof. »Ich weiß nur, dass ich vergessen habe, bei diesem verdammten Ding eine Notbremse einzubauen!«

»Neunundsiebzig nach Christus«, rief Benjamin, der sich als Einziger schon aufgerappelt hatte, aus dem Innern der Zeitmaschine. Wie ein nasser Sack hing er dort auf einem der Sitze, wischte sich das Blut von der Nase und starrte auf den Monitor, der immer mehr flackerte und schließlich erlosch. »Der Bildschirm hat übrigens gerade seinen Geist aufgegeben.«

»Scheiße, Scheiße, Scheiße!«, schimpfte Magnus, während er erst auf die Knie kam und sich dann hochzog. »Sieht verdammt nach einer Bruchladung aus.«

»Aber wir leben noch«, sagte Thomas.

»Fragt sich nur, wie lange«, knurrte der Professor und hielt sich an der Zeitmaschine fest. Sein Schädel dröhnte und schmerzte, außerdem war ihm übel. Ob dies die Anzeichen einer Gehirnerschütterung waren? Ihm wurde schwarz vor Augen. Er bemühte sich, tief zu atmen.

Auch Thomas hatte Probleme. Nur ganz langsam konnte er sich aufsetzen. Grelles Sonnenlicht blendete ihn und die Hitze ließ ihn kaum atmen. Vorsichtig sah er sich um. Er hatte keine Ahnung, wo sie gelandet waren. Jedenfalls befanden sie sich nicht mehr in der Tropfsteinhöhle!

In diesem Moment rumpelte es unterirdisch und Thomas spürte, wie sich die Erde unter ihm bewegte.

»Sag Archie, er soll endlich mit diesem Mist aufhören!«

»Das war nicht Archie«, kam es von Benjamin aus der Zeitmaschine. »Der hat sich genauso verabschiedet wie die ganze Elektronik hier.«

»Was war es dann?« Noch immer spürte Thomas unter seinen Händen ein leichtes Vibrieren.

»Vermutlich ein Erdstoß«, murmelte der Professor, der immer noch gegen seine Kreislaufprobleme ankämpfte und sich an der Eingangsluke festklammerte.

Die Stille ringsum war beängstigend. Die Hitze auch.

»Wo sind wir?«, fragte Thomas noch einmal.

Ganz in der Nähe wuchsen zwei Zypressen. Irgendwo zwitscherte ein Vogel, kleinlaut, ängstlich. Melanie, die Tierexpertin, hätte bestimmt sofort sagen können, um welche Vogelart es sich handelte.

Magnus blinzelte. Wenn nur endlich das Flimmern vor seinen Augen aufhören würde! Außerdem tat es höllisch weh, den Nacken zu bewegen.

»Wahrscheinlich sind wir irgendwo im Süden ... in Griechenland ... vielleicht auch in der Türkei oder in Italien ...« Er blinzelte wieder. Die blaue Fläche in der Ferne – war das das Meer? Er wischte sich über die Stirn. Über seinen Augenbrauen hatten sich Schweißtropfen gebildet. Das Meer, ja, sicher ...

Thomas kam taumelnd auf die Füße und drehte sich einmal im Kreis. »Überall Weinberge ... Und dort hinten, dieser Berg ... ich glaube, den hab ich irgendwo schon mal gesehen.«

Jetzt kletterte Benjamin aus der Maschine, den Handrücken vor die Nase gepresst. »Hat einer mal ein Taschentuch? Ich hab scheußliches Nasenbluten.«

»In meiner Hosentasche«, sagte Magnus, der noch immer nicht wagte, frei zu stehen. Er traute seinem Gleichgewichtssinn nicht.

Benjamin fischte ein Papiertaschentuch aus der Hose seines Onkels. Es verfärbte sich im Nu rot. Benjamin betrachtete das Tuch voller Panik.

»Ich glaube, ich verblute ...«

»Einen nassen Lappen in den Nacken, das hilft«, sagte der Prof.

»Und woher kriege ich einen?«, fragte Benjamin mit Leidensmiene.

»Oder umwickele deinen kleinen Finger fest mit einem Grashalm. Nur das oberste Stück. Den rechten kleinen Finger, wenn das rechte Nasenloch blutet, das linke beim linken«, sagte Thomas.

»Und das soll funktionieren?« Benjamin war skeptisch, riss aber schon einen Grashalm ab und wickelte ihn um den kleinen Finger der rechten Hand. »Bist du jetzt unter die Medizinmänner gegangen?«

»Den Tipp hab ich aus dem Internet«, sagte Thomas. »Beim Surfen bin ich mal versehentlich auf einer Naturheilkundeseite gelandet. Keine Ahnung, ob's funktioniert.«

»Kann ich mir jedenfalls nicht vorstellen«, murmelte Benjamin, doch schon zwei Minuten später verkündete er triumphierend: »Es hat tatsächlich aufgehört!«

»Na bitte«, sagte Magnus, dessen Kreislauf sich allmählich zu normalisieren begann. »Es besteht also die Chance, dass du uns erhalten bleibst.«

»Witzig«, knurrte Benjamin. Er hob den Kopf und betrachtete den Berg. »Den hab ich auch schon mal gesehen. In einem Reiseführer. Das Matterhorn. Oder der Mount Everest. Vielleicht ist es auch der Kilimandscharo?«

»Quatsch«, widersprach Thomas. »Die sind alle viel, viel höher.«

»Melanie hätte es bestimmt gewusst«, sagte Benjamin. »Die weiß doch alles.«

»Wir werden schon noch erfahren, wie der Berg heißt«, meinte Magnus. »Das ist jetzt nicht das Wichtigste. Viel mehr interessiert mich die Frage, wie wir von hier wieder wegkommen.« Er verzog sein Gesicht. »Ich möchte wissen, warum Archie plötzlich seinen Geist aufgegeben hat. Ob ihn die Fragen überfordert haben?«

»Vielleicht spielt er auch nur ein Spiel mit uns«, sagte Benjamin hoffnungsvoll. Ihn grauste es bei dem Gedanken, dass sie schon wieder in einer fremden Zeit festsaßen – diesmal noch dazu völlig unvorbereitet. Sie hatten keine Ausrüstung dabei und keine Verpflegung ...

Ächzend kletterte der Professor in die Maschine und trat ans Armaturenbrett. Sein Kopf schmerzte noch immer, als hätte jemand mit einer Eisenstange darauf herumgeschlagen. Magnus' Hand zitterte, als er einige Schalter und Tasten betätigte. Nichts rührte sich. Kein einziges Lämpchen flammte auf, keine Symbole erschienen auf dem Bildschirm. Die Mechanik war tot.

Magnus schluckte.

»Verdammt. Schwieriger Fall. Hoffentlich kriege ich das hin. Ansonsten ...«, er schaute zur Einstiegsluke hinaus, »tja, ich könnte mir auch einen unangenehmeren Ort als Altersruhesitz vorstellen.«

»Altersruhesitz?«, fragten Benjamin und Thomas wie aus einem Mund.

»Heißt das, dass wir vielleicht gar nicht mehr von hier wegkommen?«, hakte Thomas nach.

»Erst mal keine Panik«, sagte Magnus beruhigend. »Ich meine ja nur. Im Falle eines Falles. Wir hätten es schlechter treffen können. Die Gegend ist doch recht hübsch. Seht ihr dort unten in der Senke die Häuser? Wir sind ganz in der Nähe einer Siedlung oder sogar einer Stadt. Und Kriegsschiffe sind auch nicht auf dem Meer, nur dieser kleine Segler ganz da hinten ... Scheint so, als wären wir in einer friedlichen Zeit an einem friedlichen Ort gelandet.«

Thomas verzog das Gesicht. Das war vielleicht ein Trost! Klar, sie hätten auch mitten in einem Kampfgetümmel bruchlanden können. Dann wäre ihr Schicksal möglicherweise innerhalb von wenigen Minuten entschieden gewesen und sie hätten sich keine Sorgen mehr wegen der Rückkehr machen müssen. Trotzdem ...

Thomas beschirmte die Augen. Zugegeben, das Panorama war herrlich. Man musste sich nur vorstellen, im Urlaub zu sein ...

»Jetzt mal ehrlich, Onkel Magnus«, fing Benjamin an und zerknüllte das blutige Papiertaschentuch. »Haben wir eine Chance, ins einundzwanzigste Jahrhundert zurückzukehren oder nicht?«

»Normalerweise steuert Archie die Zeitmaschine«, antwortete Magnus. »Ich muss also nun zunächst mal versuchen, die Zeitmaschine kurzzuschließen.«

»Wie ein Autoknacker.«

»Genau. Dann muss ich versuchen, per Handsteuerung zu unserem Ausgangspunkt zurückzukehren. Das kann ein wenig schwierig werden, denn ich muss exakt den richtigen Zeitpunkt unserer Abreise erwischen. Kehren wir zu früh zurück, dann begegnen wir uns am Ende selbst.« Magnus machte ein sorgenvolles Gesicht.

Thomas fand die Aussicht, sich selbst gegenüber zu stehen, zuerst erheiternd. Doch dann dachte er über die Konsequenzen nach. Es würde jeden von ihnen zweimal geben – und jeder wäre der Richtige! Das war schlimmer als die Vorstellung eines Klons, denn in einem solchen Fall gab es immerhin ein Original und eine perfekte Kopie. Bei einer vorzeitigen Rückkehr wäre aber jeder das Original – und das würde unter Garantie zu heftigen Komplikationen führen!

Benjamin sah das Ganze lockerer.

»Dann hätte jeder von uns einen Doppelgänger. Das wäre doch unheimlich praktisch. Der andere Benjamin könnte für mich zur

Schule gehen und all die Sachen erledigen, zu denen ich keine Lust habe. Und ich würde in Zukunft nur Dinge machen, die wirklich Spaß bringen.«

Magnus schüttelte den Kopf und bereute es gleich darauf, denn seine Kopfschmerzen, die gerade ein wenig abgeklungen waren, kehrten in voller Stärke zurück. »Gar nicht praktisch, Benjamin. Dieser andere Benjamin ist genau wie du. Du bist ja er! Und deswegen erwartet er vielleicht das Gleiche von dir. – Ich habe jedenfalls keine Lust, mir selbst zu begegnen, selbst wenn der andere dann meine Arbeit im Albert-Einstein-Institut übernimmt. Im Übrigen ist das ein höchst philosophisches Problem, über das wir besser ein anderes Mal diskutieren.«

Auch Thomas schwirrte ein wenig der Kopf. Der Prof hatte Recht, je länger man darüber nachdachte, desto schwieriger erschien die Angelegenheit.

»Wir werden da unten in diesen Ort gehen und uns ein wenig umsehen«, schlug Magnus vor. »Vielleicht finde ich eine Werkstatt oder einen Laden, wo ich etwas Material auftreiben kann. Es ist sicher schwierig, etwas zu bekommen. Ich erwarte ja gar nicht, dass ich perfekte Ersatzteile kriege, die Technik ist sicher noch nicht weit fortgeschritten. Was hast du vorhin gesagt, Benjamin? In welchem Jahr sind wir gelandet?«

»Die letzte Anzeige auf dem Bildschirm war neunundsiebzig nach Christus«, sagte Benjamin.

Magnus seufzte und Thomas warf ihm einen besorgten Blick zu.

»Leider kann ich die Zeitmaschine auch nicht in die fünfte Dimension schicken, wo sie in Sicherheit wäre«, sagte der Prof. »Wir müssen sie hier einfach so zurücklassen.«

»Hm ... irgendwie ist das Ding ja ganz schön auffällig«, meinte Thomas. Die Zeitmaschine sah aus wie ein quer liegendes Ei. Die Oberfläche war mit Solarzellen bedeckt, die in der Sonne blitzten und glänzten. Das Gefährt wirkte dadurch ziemlich futuristisch. »Möglicherweise halten uns die Einwohner hier für Götter aus dem Weltall.«

»Nicht schlecht, dann respektieren sie uns wenigstens«, sagte Benjamin.

»Aber wenn sie uns vor lauter Respekt in einen Tempel sperren, dann sehen wir alt aus«, hielt ihm Magnus entgegen. »Nein, Thomas hat Recht, wir müssen die Zeitmaschine verstecken.«

Das war leichter gesagt als getan. Immerhin war die Zeitmaschine nicht gerade winzig, sondern hatte die Ausmaße eines komfortablen Mittelklassewagens. Schließlich kam Benjamin auf die Idee, die Maschine mit Knöterichzweigen zu tarnen. Er hatte in der Nähe einen großen Strauch entdeckt. Mit Taschenmessern und einer Schere, die der Prof im Werkzeugkasten fand, machten sie sich ans Werk. Es war ausgesprochen mühsam. Sie schnitten lange Ranken vom Strauch und wickelten sie um die Zeitmaschine. Thomas kletterte auf einen großen Stein und warf die grünen Triebe quer übers Dach. Sie schufteten über eine Stunde lang, dann war von der Zeitmaschine kaum noch etwas zu erkennen.

»Eine hübsche, gemütliche Laube«, sagte Magnus zufrieden. Selbst der Eingang war mit Schlingpflanzen behängt. Man musste sie erst zur Seite schieben, wenn man ins Innere der Zeitmaschine gelangen wollte. Die Tarnung war perfekt. Von weitem wirkte die Maschine jetzt wie ein Knöterich-Strauch, ein bisschen eigenartig in der ovalen Form, aber nicht weiter auffällig.

»Hm«, sagte Professor Ambrosius und wischte sich seine Hände an der Hose ab, »besser geht's nicht. Ich denke, wir können es nun wagen, die Zeitmaschine hier stehen zu lassen und die Gegend zu erkunden.«

»Ich verdurste allmählich«, klagte Benjamin.

Er wusste natürlich so gut wie die anderen beiden, dass sie ohne Proviant und Ausrüstung aufgebrochen waren – ein schlechter Start. Außerdem konnte ihre moderne Kleidung sie in große Schwierigkeiten bringen. Und sie besaßen kein Geld, ja, nicht einmal irgendwelche Tauschgegenstände.

»Wir haben folgende Alternativen: Betteln, stehlen oder auf ein paar freundliche Leute treffen«, sagte Magnus.

Er zauberte plötzlich eine Dose hervor, die er noch in der Zeitmaschine gefunden hatte. Die dunklen Pastillen waren kein Hustenmittel, sondern Sprachpillen. Magnus hatte sie vor kurzem zusammen mit einem befreundeten Mediziner entwickelt. Man hätte an dem Mittel ein Vermögen verdienen können. Die Sprachpillen regten das Lernzentrum im Gehirn so sehr an, dass man innerhalb kürzester Zeit eine fremde Sprache perfekt verstehen und auch selber sprechen konnte. Das Mittel funktionierte nach dem gleichen Prinzip, nach dem ein Kind seine Muttersprache erlernte – nur ungleich schneller. Man benötigte keine Jahre, sondern nur wenige Minuten. Thomas fand die Erfindung einfach genial und er verstand nicht, warum Magnus daraus kein Kapital schlug, sondern sie nur für seine Forschungszwecke verwendete.

»Na, dann mal los«, sagte Magnus betont munter. »Sehen wir uns um, wo wir diesmal gelandet sind.«

Benjamin verspürte ein aufgeregtes Kribbeln im Bauch. Es war immer spannend, einen neuen Ort zu erforschen, fremde Leute zu treffen und sich mit einer unbekannten Kultur auseinanderzusetzen. Ein bisschen mulmig war ihm jedoch auch zu Mute. Irgendwie erschien ihm diese Gegend *zu* friedlich …

Panik in Pompeji

Eigentlich bin ich ein positiv denkender Mensch. Daher folgte ich dem Beispiel meines Onkels, zeigte relativ gute Laune und schlenderte hinter ihm den sanften Hang hinunter. Ich versuchte nicht daran zu denken, dass wir mit unserer Kleidung wahrscheinlich ziemliches Aufsehen erregen würden, denn daran war im Moment sowieso nichts zu ändern.

Ein paar braun gebrannte Männer arbeiteten in den Weinbergen und banden die Reben hoch. Einer beschirmte seine Augen und blickte uns entgegen. Sein Unterkiefer klappte herunter und er starrte uns mit offenem Mund an. Dann wandte er sich schnell wieder seiner Arbeit zu.

»Los, die Sprachpillen«, drängte der Prof. »Wir fragen die Leute, wo wir sind.«

Ich hatte mich längst daran gewöhnt, das Zeug zu schlucken, das so widerlich aussah und so fantastisch wirkte. Wir lauschten zuerst ein wenig, wie sich die Männer im Weinberg unterhielten. Zunächst verstand ich nur Kauderwelsch, aber dann begann die Pille zu wirken und die Worte wurden deutlicher.

»Es ist heuer viel zu trocken. Hätte ruhig öfter regnen können. Die

Trauben sind klein und mickrig. Unser Herr wird schimpfen, wenn die Ernte so dürftig ausfällt.«

»Das ist doch nicht unsere Schuld«, entgegnete der Angeredete und nahm einen Faden aus dem Mund, um ihn um einen Zweig zu wickeln. »Unser Herr soll sich mal nicht so anstellen! Warum hat er den Göttern keine größeren Opfer gebracht? Er ist und bleibt der größte Geizhals unter der Sonne!« Er verknotete die Schnur.

»Er wird sich auf seine alten Tage auch nicht mehr ändern«, murmelte der Mann, der zuerst geredet hatte.

Onkel Magnus trat nun näher an den Weinberg heran und machte mit Winken auf sich aufmerksam.

»Hallo, wir hätten gerne eine Auskunft!«

Einer der Männer hinkte herbei. Er machte einen ziemlich misstrauischen Eindruck. Ich musste dauernd in sein braun gebranntes, runzeliges Gesicht schauen, das aussah wie altes Leder.

»Was wollt Ihr? Falls Ihr fahrende Händler seid oder uns neue Götter bringen wollt, dann seid Ihr bei uns an der falschen Adresse! Wir sind Leibeigene von Claudius Tulla, werden gut versorgt und können uns überhaupt nicht beklagen.«

»Claudius Tulla«, flüsterte ich Thomas zu. »Das klingt so verdammt nach Lateinunterricht.«

»Vermutlich sind wir irgendwo in Italien«, antwortete er ebenso leise.

Einen Moment lang hatten wir nicht auf Magnus geachtet. Jetzt aber erschrak ich. Er hielt sich nämlich an einem Mauerstück fest und war trotz der Hitze plötzlich fahl wie der Tod. »O Gott, er bricht gleich zusammen!« Ich stürzte auf ihn zu, umklammerte seinen Arm und hatte Angst, dass er unter mir wegsacken könnte.

»Pompeji?«, wisperte der Prof mit tonloser Stimme. »Das dort unten ist wirklich Pompeji?«

»Was ist los mit Euch?«, wunderte sich der Sklave mit dem Ledergesicht. »Man könnte ja glauben, Pompeji sei ein verfluchter Ort, dabei gibt es keine schönere und blühendere Stadt als diese!«

In dem Moment ging mir ein Kronleuchter auf. Natürlich kannte ich den Berg! Ich hatte ihn schon auf unzähligen Fotos gesehen.

Es war der Vesuv!

Kein normaler Berg. Ein tückischer Vulkan. Ein schlummerndes Ungeheuer, das bereit ist, alles und jeden zu vernichten ...

In meinem Kopf wirbelte plötzlich alles durcheinander. Pompeji war doch vom Vesuv zerstört worden. Warum lag die Stadt dann noch unbeschädigt und blühend unter uns? War die Katastrophe etwa noch gar nicht passiert? Warum hatte ich nur nicht besser im Geschichtsunterricht aufgepasst?!

Archie hätte uns bestimmt über diesen Punkt aufklären können, aber der hatte sich ja erst einmal von uns verabschiedet. Ich war tierisch wütend auf ihn, weil er uns überhaupt in diese Situation gebracht hatte. Wenn wir geahnt hätten, dass er auf die Fragen so reagieren würde, dann hätte sich der Prof den Intelligenztest garantiert geschenkt!

»Wollt Ihr jemanden in Pompeji besuchen?«, fragte der Sklave.

Er musste seine Frage noch zwei Mal wiederholen, bevor Magnus reagierte.

»Ich ... äh ... eigentlich sind wir eher zufällig vorbeigekommen, weil ...«, er suchte nach einer Ausrede, die nicht ganz eine Lüge war, »weil wir für unser Fahrzeug etwas brauchen.«

Der Sklave musterte die beiden Jungen, die nach der Knöterich-Aktion verschwitzt und ziemlich schmutzig waren.

»Ihr seid Fahrzeugbauer?«

»Nicht ganz ... na ja, doch.« Magnus strich sich über die Stirn, bemüht, nicht dauernd auf den unheilvollen Berg zu starren. »Wir probieren neue Techniken aus und suchen nach energiesparenden Fortbewegungsarten. Kannst du uns sagen, wo es hier eine Werkstatt oder so etwas Ähnliches gibt?«

»Am besten, Ihr fragt unten in der Stadt nach Regulus Flavius«, sagte der Sklave. »Vielleicht kann er Euch ja weiterhelfen. Ich gestehe, für Gladiatorenspiele und Wagenrennen habe ich mich nie sonderlich interessiert.«

Benjamin und Thomas wechselten einen befremdeten Blick.

»Besten Dank für die Auskunft.« Magnus hob zum Abschied grüßend die Hand.

Dann wandte er sich noch einmal um und wies auf den Gipfel des Vesuvs. »Der Berg da ... macht er euch keinen Ärger?«

Der Sklave hob die Schultern. »Was meint Ihr?«

»Gibt's hier keine Erdstöße oder so etwas in der Art?«

»Doch, natürlich. Schließlich sind wir in Kampanien«, erwiderte der Sklave. »Hier kommt die Erde nie ganz zur Ruhe. Vor siebzehn Jahren, ich war noch jung und ziemlich grün hinter den Ohren, da hatten wir hier sogar ein furchtbares Erdbeben. Viele Häuser in Pompeji wurden zerstört. Aber inzwischen sieht man nichts mehr davon, die Stadt ist wieder aufgebaut – und viel schöner als je zuvor.«

»Ein Pulverfass«, murmelte Magnus.

»Pulverfass?«, fragte der Sklave nach. »Was bedeutet das?«

Magnus fiel ein, dass der Pompejaner das Schießpulver ja noch gar nicht kannte. Der Prof machte eine abwehrende Handbewegung und deutete erneut zum Vesuv.

»Habt ihr keine Angst, dass dieser Vulkan einmal ausbrechen könnte?«

Der Sklave lachte. »Lieber Mann, woher kommt Ihr und warum erzählt Ihr solche Schauergeschichten? Der Berg ist längst tot und sein inneres Feuer erloschen. Schon seit vielen Jahrhunderten. An seinen Hängen wächst Wein, seht Ihr das nicht? Warum sollten wir uns vor diesem Berg fürchten?«

Er zwinkerte Magnus vertraulich zu. »Ich hab keine Angst vor Bergen. Vor Mäusen fürchte ich mich auch nicht. Aber es soll Leute geben, die fangen nach einem Becher Wein an, ihren toten Großvater zu sehen. Manche Männer gehen nicht über Brücken, weil sie sich einbilden, ins Wasser zu fallen. Ich versteh das schon, wenn Ihr mit Bergen nicht klarkommt. Wahrscheinlich hat Eure Großmutter Euch immer schreckliche Geschichten von Feuerbergen erzählt, wenn Ihr Euren Brei nicht essen wolltet?«

Magnus wurde zornig. Der Mann nahm ihn nicht ernst, sondern dachte wohl, dass er es mit jemandem zu tun hatte, der nicht ganz richtig im Kopf war. Im ersten Moment wollte Magnus aufbrausen, doch dann beherrschte er sich. Es hatte keinen Sinn, jetzt einen Streit vom Zaun zu brechen. Letztlich hatte die Reaktion des Mannes nur gezeigt, dass sich die Bewohner von Pompeji in absoluter Sicherheit wähnten, was den Vulkan anging.

Was für ein furchtbarer Irrtum!

Magnus schluckte und versuchte zu lächeln. »Regulus Flavius heißt also der Mann, nach dem wir fragen sollen?«

Der Sklave nickte. »Ihr findet ihn leicht. Regulus Flavius ist in der ganzen Stadt bekannt.« Er wandte sich wieder einem Weinstock zu und entfernte ein paar dürre Blätter.

»Danke.« Magnus stützte sich auf Benjamin. Die Hitze machte ihm wirklich zu schaffen.

Langsam gingen er und die beiden Jungen den steinigen Pfad entlang, der in Schlangenlinien hinunter nach Pompeji führte.

»Onkel Magnus?«

»Ja, Benjamin?«

»Pompeji ist untergegangen.«

»Hm. Ich fürchte, so war es.«

»Weißt du zufällig das Datum?«

Magnus blieb schwer atmend stehen. »Das hab ich erst neulich wieder in der Zeitung gelesen. Ich wünschte, ich hätte es vergessen.«

»Nun sag schon, wann ist der Vesuv ausgebrochen?«

»Am 24. August im Jahre neunundsiebzig nach Christus.«

»Neunundsiebzig nach Christus!« Thomas sah Benjamin bestürzt an. »Aber das ist ja genau das Jahr, in dem wir uns gerade befinden!«

Benjamin war nicht weniger schockiert. »Verdammt!«

»Und der Hitze nach haben wir jetzt Juli oder August«, murmelte Magnus.

Tausend Gedanken schossen mir gleichzeitig durch den Kopf. Es war glatter Wahnsinn, hier zu sein. Das reinste Selbstmordkommando. Egal, wie man es hin- oder herdrehte: Wir waren verloren.

Selbst wenn es uns gelänge, vor der Katastrophe aus Pompeji zu fliehen und an einen sicheren Ort zu gelangen – die Zeitmaschine würde zurückbleiben. Sie würde unter Schutt und Asche begraben werden, Lavamassen würden sich über sie hinwegwälzen ...

Wir konnten nie mehr in unsere Zeit zurückkehren, das war die bittere Wahrheit.

Onkel Magnus versuchte natürlich die Sache runterzuspielen. Mit Sprüchen wie »Es ist ja noch nicht aller Tage Abend« oder »Kopf hoch, das wird schon wieder!« wollte er uns aufmuntern. Aber wahrscheinlich wollte er in erster Linie sich selbst Mut zureden. Ich hatte das Gefühl, dass mein Onkel sogar anfing, ein klein wenig durchzudrehen.

Ich selbst wäre vor lauter Panik am liebsten davongerannt. Einfach irgendwohin. Hätte mich an einen stillen Ort verkrochen, wie ich es manchmal tue, wenn ich allein sein will. Dann ertrag ich nur Major. Ihm erzähl ich alles, was mir auf dem Herzen liegt, er stellt keine dummen Fragen, sondern sieht mich nur mit seinen treuen, brauen Augen an und leckt mir die Hand.

Als mir klar wurde, dass ich Major wahrscheinlich nie mehr wiedersehen würde, hätte ich am liebsten geheult. Ich hatte auf einmal solche Sehnsucht nach ihm. Es gab mir auch einen Stich, wenn ich daran dachte, dass ich Melanie nicht wiedersehen würde – selbst wenn ich sie manchmal auf den Mond gewünscht hatte! Ja, sogar der Gedanke an die rostige Marie-Lotte, die mich so oft genervt hatte, weil sie nicht funktionieren wollte, stimmte mich traurig ...

»Wir mussten damit rechnen«, sagte Onkel Magnus. »Reisen mit der Zeitmaschine sind riskant. Es ist wie ein Spiel mit dem Feuer ...«

Haha. Spiel mit dem Feuer. Das passte.

»Immerhin hatten wir ein paar Mal die Chance, einen Blick in die Vergangenheit zu werfen und konnten fremde Zeitepochen sozusagen live miterleben.« Der Prof versuchte krampfhaft, etwas Positives an

unserer Situation zu finden. »Selbst jetzt noch. Macht euch keine zu großen Sorgen, sondern versucht einfach, diesen ungeheuer interessanten Kulturtrip zu genießen.«

Kulturtrip! Dass ich nicht lache! Es war ein Todestrip …

Ob ich in zweitausend Jahren von Forschern ausgegraben und dann für alle Ewigkeiten im Museum stehen würde – mit einem kleinen Zettel am Fuß: »Benjamin aus Pompeji«?

Der schnellste Wagen der Welt

Mit gemischten Gefühlen setzten Magnus, Benjamin und Thomas ihren Weg fort. Im Moment gab es keinerlei Anzeichen von Gefahr. Pompeji machte einen äußerst friedlichen Eindruck. Die Landschaft hätte nicht schöner sein können. In den Weinbergen zirpten die Grillen, laut und durchdringend. Die Sonne schien von einem leicht dunstigen Himmel und im Westen lag das dunkelblaue Meer, von dem der Wind einen schwachen Salzgeruch herübertrieb. Im Norden ragte der Vesuv empor. Es wäre ein hübsches Bild für eine Urlaubspostkarte gewesen ...

Lebhaftes Treiben herrschte auf den Straßen, als sich die drei Pompeji näherten. Sie wurden von Wanderern und Händlern mit ihren Eseln überholt, andere kamen ihnen aus der Stadt entgegen. Manche blieben stehen und wechselten ein paar Worte.

»Sag, wie ist das Wetter in Stabiae?«

»Genauso wie bei euch in Pompeji. Heiß und trocken. Es könnte wirklich mal regnen, das ganze Gemüse verdorrt!«

Magnus und die beiden Jungen schlossen sich einer Gruppe Männer an und passierten gemeinsam mit ihnen das Stadttor. Die

Stadt wirkte mit ihren gepflasterten Straßen und der Kanalisation erstaunlich modern. Links und rechts erhoben sich zweistöckige Häuser. Vor manchen Eingängen standen Tische, auf denen Kaufleute ihre Ware darboten.

Um ein Haar wäre Benjamin von einem Wagen überrollt worden.

»He, holla, du Träumer! Soll ich durch dich durchfahren oder über dich hinwegspringen?«

Der Wagenlenker bändigte seine Pferde. Die beiden schwarzen Hengste tänzelten unruhig und rollten die Augen, dass man das Weiße sehen konnte. Benjamin brachte sich eilig aus der Gefahrenzone. Auf dem Kutschbock saß ein junger Mann. Sein Gesicht war unnatürlich rot. Offenbar hatte er an diesem Tag bereits reichlich Wein getrunken.

»Alkohol am Steuer, ist das erlaubt?«, rutschte es Benjamin heraus.

Der Fahrer warf ihm einen wütenden Blick zu. Er trug ein weißes Gewand mit einem roten Überwurf. Beides war aus feinstem Stoff. Mehrere Ringe blitzten an seinen Fingern und Goldreifen klirrten, als er den Arm mit der Peitsche bewegte.

»Scher dich fort! Geh mir aus den Augen! Halunke, Dieb, Strolch!« Die Peitsche knallte und die Pferde zogen an. Der Wagen rollte laut übers Pflaster. Ärgerlich schaute Benjamin dem bunten Fahrzeug und den wirbelnden Holzrädern hinterher. »Blöder Macho!«

»Komm weiter!« Magnus fing an, hektisch in der Luft herumzufuchteln. Ein Schwarm dicker, schillernder Fliegen war plötzlich aufgetaucht. Sie schienen alle aus der Fischhandlung zu kommen, die sich links vor ihnen befand. Es stank entsetzlich. Benjamin hielt sich die Nase zu.

»Frische Fische!«, rief der Ladeninhaber. »Erst heute Morgen gefangen! Bei mir gibt's auch Liquamen, die exquisite Fischsoße, nach dem Erfolgsrezept von Umbricius Agathopus. Kostprobe gratis! – Wie wär's, die Herren?«

Er hielt den Zeitreisenden eine Schöpfkelle entgegen. Darin schwappte eine unappetitliche, übel riechende Flüssigkeit.

Benjamin hatte das Gefühl, sich gleich übergeben zu müssen.

»Es ist das beste Liquamen von ganz Pompeji«, pries der Fischverkäufer sein Produkt an. »Sogar von ganz Kampanien! Es wurden nur auserlesene Kiemen verwendet, die schönsten Fischköpfe, die leckersten Innereien, und es ist drei Monate durchgegoren, dafür garantiere ich.«

»Und ich garantiere für die allerschönste Fischvergiftung«, sagte Thomas. Er war schon ganz grün im Gesicht.

Einen Moment lang sah es ganz danach aus, als wollte der Händler ihm die Soße ins Gesicht schleudern. Doch dann überlegte er es sich anders und kippte sie in seinen Krug zurück. Erneut stieg ein übler Geruch auf.

»Unverschämter Bengel!«

»Stopp, stopp«, sagte Magnus beruhigend. »Das war nur ein harmloser Scherz. Euer Liquamen ist natürlich das beste weit und breit, man redet sogar in Stabiae davon.«

Das Gesicht des Händlers erhellte sich und er wurde wieder freundlich. »Ist das wirklich wahr?«

»Ganz ehrlich, ich hab's mit eigenen Ohren gehört«, beteuerte Magnus.

»Dann solltet Ihr vielleicht doch probieren ...«

Magnus wehrte schnell ab. »Nein, nein, sehr nett, vielen Dank. Könnt Ihr mir zufällig sagen, welches Datum wir heute haben?«

»Eigentlich verkaufe ich Fische und keine Auskünfte«, murmelte der Mann. »Aber meinetwegen: Heute ist der vierte August.«

»Noch zwanzig Tage«, rutschte es Benjamin heraus. Er wechselte mit Thomas einen Blick.

»Und wisst Ihr auch, wie wir zu Regulus Flavius kommen?«, fragte Professor Ambrosius den Fischhändler.

»Der wohnt im Ostviertel.« Der Verkäufer beschrieb umständlich den Weg. Benjamin schien es unmöglich sich zu merken, wie oft es nach rechts, links und dann wieder geradeaus ging.

»Nach dem Haus, bei dem *Vorsicht bissiger Hund!* am Eingang steht, ist es die dritte Tür«, schloss der Fischhändler. »Wundert Euch nicht, wenn Ihr warten müsst. Regulus Flavius ist ein viel beschäftigter Mann.«

»Vielen Dank«, sagte Magnus. Er wünschte noch gute Geschäfte und wandte sich zum Gehen.

»Wenn ich lauter solche Kunden wie Euch hätte, könnte ich mich gleich aufhängen«, knurrte der Händler und hielt einen Fisch an der Schwanzflosse empor. »Wollt Ihr nicht wenigstens diesen kleinen Burschen mitnehmen? Er ist nicht mehr ganz frisch, aber wenn man das Essen tüchtig würzt, merkt man es gar nicht.«

Magnus wehrte dankend ab und war froh, dass Benjamin und Thomas ihn schnell weiterzogen.

»Ich bin von dem Gestank fast ohnmächtig geworden«, beschwerte sich Thomas. »Also, wie war das noch mal? Geradeaus bis zur vierten Querstraße, dann nach rechts ...«

Im gleichen Augenblick schrie jemand zu ihrer Rechten: »Haselmäuse! Fette Haselmäuse! Eine Delikatesse, wenn man sie füllt und im Backofen brät ... Haselmäuse ...«

»O Mann!« Benjamin hielt sich die Ohren zu und stöhnte. »Gibt's denn hier nirgends eine anständige Pizza?«

Magnus deutete auf eine Abzweigung. »Müssen wir nicht da entlang?«

Sie bogen in eine Gasse ein, in der die Häuser etwas enger beieinander standen. Manche Wände waren mit Graffiti beschmiert.

»Successus liebt Iris«, entzifferte Benjamin eine Kritzelei. Etwas weiter unten stand: »Möge sich Secundus den Hals brechen!«

»So viel hat sich in zweitausend Jahren gar nicht geändert«, meinte Magnus.

Ungefähr eine halbe Stunde später hatten sie die gesuchte Adresse erreicht. Ein hagerer Diener öffnete ihnen.

»Wir sind Reisende und möchten gerne Regulus Flavius sprechen«, sagte Magnus.

Der Diener musterte die Ankömmlinge. Seine blauen Augen schielten ein wenig.

»Mein Herr wird in Kürse eintreffen«, lispelte er. »Ihr könnt inswissen im Innenhof warten.«

Er führte die Zeitreisenden durch eine prächtige Eingangshalle in den Innenhof. Blumen und Sträucher wuchsen dort zwischen den Marmorsäulen und in der Mitte plätscherte ein Springbrunnen. Im Gegensatz zu der drückenden Hitze, die in Pompejis Straßen herrschte, war es hier angenehm kühl. Magnus, Benjamin und Thomas setzten sich auf eine schattige Steinbank.

Der Kerl musste Geld wie Heu haben, bei der protzigen Villa. Und wie bitter, sich vorzustellen, dass das prächtige Gebäude schon in zwanzig Tagen unter Schutt und Asche begraben sein würde! Die schönen Blumen, der Springbrunnen, die Säulen – alles!

Und wir auch, wenn wir uns nicht rechtzeitig aus dem Staub machten.

Ich rutschte unruhig auf der Bank hin und her.

Wir mussten nicht lange warten, vielleicht zehn Minuten, dann kam der Meister – Regulus Flavius höchst persönlich.

Mann, das war vielleicht ein Bulle! Ungefähr so groß wie der Prof, aber mindestens doppelt so breit. Er hatte Schultern wie ein Schrank und trug ein kurzärmliges Minikleid. Das sah schon ziemlich komisch aus – jedenfalls für unsere Augen.

Seine Arme waren voller Tattoos. Ich konnte Fische, Frauen, sogar Pferde erkennen. Der Mann war ein lebendes Gemälde! Auf seinem linken Arm waren die Bilder allerdings durch tiefe Narben entstellt und teilweise zerstört. Dieser Arm wirkte auch längst nicht so muskulös wie der rechte. Vielleicht die Folge eines Unfalls?

»Was gibt es? Ihr wolltet zu mir? Macht es kurz!« Regulus redete so laut, als wären wir alle schwerhörig. Seine Nase war bestimmt schon mehrmals gebrochen worden, sie hatte in der Mitte eine riesige Delle.

Mein erster Eindruck: Ein richtiger Schlägertyp!

Der Prof stand auf. »Man hat mir gesagt, Ihr hättet eine Werkstatt. Ich bräuchte für meine ... äh, für mein Fahrzeug ein Stück Eisen.«

Regulus' Augen wurden so schmal, dass sie beinahe in den Fettwülsten verschwanden. »Und warum besorgt Ihr Euch Eure Eisenteile nicht bei Junianus? Er ist darauf spezialisiert. Weshalb kommt Ihr zu mir?«

»Einen Junianus kenne ich nicht«, sagte Onkel Magnus und zuckte die Achseln.

Das war offenbar das Falscheste, was er sagen konnte, denn jetzt machte Regulus plötzlich einen drohenden Schritt auf ihn zu. Seine Schweinsäuglein funkelten. »Reden wir Klartext. Bist du ein Spion der Blauen?«

Der Prof wich zurück. »Welche Blauen?«

Regulus streckte seine Pranke aus, packte den armen Prof am Kragen und hievte ihn tatsächlich mit einer Hand vom Boden hoch. »Raus mit der Sprache, du Wicht!«

Thomas und ich versuchten dazwischenzugehen, aber Regulus boxte uns einfach mit den Ellbogen weg. Dann gab er dem Prof einen Schubs und Onkel Magnus landete zum zweiten Mal an diesem Tag auf dem Boden.

Er stöhnte, drehte sich um und kam dann langsam wieder auf die Knie.

»Ich habe mit den Blauen nichts zu tun! Ich weiß nicht, wovon du redest! Das Einzige, was ich will, ist ein Eisenstück, und wenn mich dieser Junianus beliefern kann, dann werde ich mir meine Sachen eben dort besorgen.«

Er fasste nach der Steinbank und hangelte sich hoch.

Regulus Flavius sah mit unbewegtem Gesicht zu. »Du bist also kein Schnüffler der Blauen?«

»Ich habe doch schon gesagt, dass ich nicht weiß, wovon du redest. Wir sind Fremde. Die Blauen – ist das eine politische Partei oder was?«

Regulus antwortete nicht darauf, sondern fragte stattdessen, woher wir kämen. »Wenn ihr Römer seid, fresse ich eine Wagenladung Pferdemist!«

»Wir sind ... äh ... Germanen«, sagte Onkel Magnus.

O ja, das waren wir in der Tat. Bye, bye, good old Germany! Wahrscheinlich sehen wir dich nie wieder!

»Also seid ihr Barbaren?«, fragte Regulus. »Dafür seht ihr aber erstaunlich zivilisiert aus.«

»Na ja, man könnte sagen, dass wir der Zeit weit voraus sind«, sagte der Prof.

»Hm.« Regulus musterte uns alle drei von oben bis unten und kam dann offenbar zu dem Schluss, dass er von uns nichts zu befürchten hatte. Wahrscheinlich hielt er uns für harmlose Spinner. Was wir ja auch waren. »Mag sein, dass ihr wirklich nichts mit den Blauen zu tun habt«, sagte er schließlich gönnerhaft. »Kommt mit in meine Werkstatt.«

Im Entenmarsch folgten wir ihm, erst durch den Innenhof, dann einen Gang entlang, durch einen großen Garten, danach durch eine schmale Pforte. Von hinten gelangten wir in ein Haus, das schon ziemlich baufällig wirkte. Die Decke hing schief, in den Ecken gab es jede Menge Spinnweben und ein ausgefranstes Seil baumelte ohne sichtbaren Zweck von der Decke herunter. An einer Wand war ein gemauerter Herd. Ein paar Tiegel und Töpfe standen herum, einige davon waren benutzt und ungespült, dem Geruch nach schon seit Tagen.

Ich rümpfte unwillkürlich die Nase.

Regulus wies auf eine Öffnung in der Decke. »Da oben schläft mein Gehilfe.«

Im gleichen Augenblick tauchte dort ein Kopf mit zerzausten Haaren auf. Ein junger Mann nickte freundlich zu uns herunter. Er hatte große Glubschaugen und schien etwas sagen zu wollen. Doch aus seinem Mund kam nur ein Blubbern.

»Tertius kann nicht sprechen«, sagte Regulus. »Man hat ihm die Zunge rausgeschnitten. Aber er ist in Ordnung und arbeitet für drei. Nicht wahr, Tertius? Ohne dich wäre das Haus hier schon völlig verkommen!«

Tertius lallte etwas, was vermutlich »Ja« heißen sollte.

Ich guckte mich um. Super aufgeräumt war es hier nicht. Der Boden war ungefegt, in einer Ecke lehnten staubige Holzbretter, die bestimmt schon ewig da standen. Es war ziemlich finster, nur durch ein kleines quadratisches Fenster, das von einem Eisengitter unterteilt wurde, fiel etwas Licht herein.

Regulus wies auf ein paar rostige Stangen, die am Boden lagen. »Kannst du davon etwas gebrauchen? Was für ein Fahrzeug hast du denn? Wie viele Pferde spannst du davor?«

Bevor der Prof antworten konnte, wurde eine Tür aufgerissen, die mir bis dahin noch gar nicht aufgefallen war. Ein braun gebrannter Sklave stürzte herein. Er hatte schwarze, ölige Flecken im Gesicht und Schmutzstreifen an seinem Kleid.

»Herr, bei der Probefahrt des neuen Wagens ist die Achse gebrochen. Daedalus schwört, sie sei vorschriftsmäßig eingebaut gewesen. Vermutlich war es ein schlecht geschmiedetes Stück. Jedenfalls ist der Wagen kaputt und muss repariert werden. Das wirft uns um mindestens zwei Tage zurück!«

Regulus machte ein so finsteres Gesicht, dass ich hoffte, er würde seine Wut nicht an uns auslassen. Ich hielt den Atem an.

Regulus holte tief Luft. Eine Ader an seinem Hals pulsierte, als er den Sklaven anfauchte: »Ausgerechnet! Auf den Wagen habe ich so große Hoffnungen gesetzt! Er ist schneller als alle anderen Modelle, die wir bisher gebaut haben. – Komm, ich will mir die Sache selbst ansehen!«

Er stürmte in den Nebenraum. Die Zeitreisenden wechselten einen raschen Blick, dann folgten sie Regulus und dem Sklaven durch die Tür.

In der Werkstatt standen vier verschiedene Wagen. Sie befanden sich in den unterschiedlichsten Phasen der Fertigstellung. Ein Mann lag auf dem Boden und schmierte die Achse des ersten Wagens, ein anderer war dabei, das Gehäuse des zweiten Wagens mit Farbe anzustreichen, und noch einer schnitzte Muster in die hölzerne Wagenfront des dritten. Regulus stürzte zum vierten Wagen, der völlig windschief aussah. Ein Mann stand mit zerknirschter Miene daneben. Er hatte um seinen Oberarm ein paar Lappen gewickelt, durch die Blut drang. Auf der Stirn hatte er eine Beule, die sich blau färbte.

»Was ist passiert, Daedalus?«, bellte ihn Regulus an.

»Herr, ich schwöre, ich habe ganz normal meine Trainingsrunden gedreht. Die Pferde waren ausgesprochen gut in Form. Selbst Gewitterwolke hat sich diesmal anständig benommen, dieses Biest! Ich hatte gerade meine dritte Runde hinter mir und wollte die nächste Kurve scharf und schnell nehmen, da machte es ›Knacks!‹, und die Achse brach unter mir durch. Ein Rad ging ab und ich flog in hohem Bogen vom Wagen. Den Pferden ist nichts passiert, die sind nach einer Weile von selbst stehen geblieben.«

Regulus begutachtete stumm den Wagen. Er ging um das Gefährt herum und beugte sich nieder, um sich den Schaden von unten anzusehen.

»Ein glatter Bruch.« Er betastete die Teile und schüttelte den

Kopf. »Möglicherweise hat jemand an der Achse herumgesägt. Was meinst du?«

Daedalus zuckte mit den Schultern. »Ich weiß nicht, Herr.«

»Hast du vor der Fahrt auch alles überprüft, wie ich es euch Wagenlenkern schon tausend Mal gesagt habe?«, forschte Regulus.

»Natürlich habe ich alles kontrolliert«, murmelte Daedalus mit gesenktem Blick und machte sich an seinem Verband zu schaffen. »Ich habe nichts festgestellt. Die Stange war in Ordnung.«

»Hm ... vielleicht Materialmüdigkeit. Oder ein schlechter Schmied. Sergius, hol die Listen aus dem Archiv. Ich möchte wissen, von wem wir die Achse bezogen haben.«

»Ich gehe schon.« Der braun gebrannte Sklave verließ den Raum.

Regulus öffnete eine große Tür. Das Sonnenlicht flutete herein und das war für die Arbeiter offenbar das Zeichen für eine Pause. Der Maler stellte seinen Farbtopf zur Seite und streckte sich. Der Schnitzer blies die Späne weg und trat einen Schritt zurück, um sein Werk zu begutachten. Auch der Mann, der die Achse geschmiert hatte, kam unter seinem Wagen hervor. Mit einem Mal hefteten sich alle Blicke auf die Zeitreisenden.

»Wer seid ihr?«, wollte der Maler wissen.

»Ihr seht nicht wie Römer aus«, stellte der Schnitzer fest.

»Was wollt ihr hier?«, fragte der Dritte.

»Ich brauche ein paar Teile für meinen Wagen und man hat uns diese Werkstatt empfohlen«, erklärte Magnus, ohne sich von den prüfenden Blicken aus der Ruhe bringen zu lassen.

»Das Gesicht des Kleinen kommt mir bekannt vor«, sagte der Schnitzer und trat auf Benjamin zu. Er sah ihm fest in die Augen.

»Richtig! Bist du nicht Pferdejunge bei Octavus? Ich habe dich doch vorgestern gesehen, wie du die beiden Schimmel gehalten hast! Aber was soll jetzt diese seltsame Verkleidung?« Er zupfte an Benjamins T-Shirt.

Benjamin schüttelte den Kopf. »Das ist eine Verwechslung. Ich kenne überhaupt keinen Octavus.«

»Wir sind außerdem erst seit heute in Pompeji«, fügte der Prof hinzu.

»Nun sag schon, was brauchst du?«, unterbrach Regulus leicht ungeduldig das Gespräch. Er ging herum, hob einige Stangen hoch und ließ sie wieder klirrend zu Boden fallen. »Die da vielleicht? Oder brauchst du Räder? Holz? Bronzestücke?«

Magnus begutachtete die Sachen, die Regulus ihm zeigte. »Das Eisenstück da hat ungefähr die richtige Länge. Hm ... am dringendsten bräuchte ich eine Rolle, eine Drahtspule, um einen Transformator herzustellen.«

»Ich verstehe nicht«, sagte Regulus achselzuckend.

»Fünfhundert Umwicklungen«, überlegte Magnus laut, »würden die Energie genügend heruntertransformieren, und wenn ich den Akku der Maschine anzapfe, müsste es möglich sein, auf Handsteuerung umzuschalten und in gemäßigtem Tempo durch den Zeitstrom in Richtung Heimat zu pendeln ...«

»Er redet wirres Zeug«, stellte der Maler fest.

»Vielleicht ein Geheimcode?« Der Schnitzer zog seine Augenbrauen finster zusammen und spielte mit dem Messer. »Ich traue den Kerlen nicht ...« Mit einem schnellen Seitenblick zu Regulus sagte er: »Wenn du willst, kitzele ich die Wahrheit aus ihnen heraus.«

»Seit wann brauche ich dazu Handlanger?«, gab Regulus schroff zurück.

Magnus war mittlerweile in die Knie gegangen und besah sich eines der Fahrgestelle von unten. Er betastete die Achse.

»Hm ... nicht übel ...«

Jetzt platzte dem Maler der Kragen. »Du duldest es, Herr, dass dieser Schnüffler den Wagen untersucht? Und wenn er alle Geheimnisse an unsere Rivalen ausplaudert?«

»Dann wird er diese Stadt nicht lebend verlassen«, erklärte Regulus ruhig. Er trat neben Magnus, der noch immer auf dem Boden kniete und inzwischen halb unter dem Wagen verschwunden war. »Glaubst du, dort unten den Sinn des Lebens zu entdecken oder das Rätsel der Welt zu lösen?«

»Redest du mit mir?«, kam es unter dem Wagen hervor.

»Mit wem sonst? Denkst du, ich plaudere mit meinen Sandalen?«

Magnus' Kopf tauchte wieder auf. Er hatte Schmutzspuren auf beiden Wangen. »Eines ist mir wirklich schleierhaft. Warum hängst du die Räder so unglücklich auf? Bei hoher Geschwindigkeit gehen die Wagenräder entweder verloren oder das Lager verkeilt sich in der Achse. Das verringert dann das Tempo.«

Regulus verschränkte die Arme. »Du verstehst also doch etwas von Wagenrennen?«

»Er guckt immer Formel 1 im Fernsehen«, rutschte es Benjamin heraus, aber Regulus achtete nicht auf ihn.

»Na ja, ein bisschen. Es ist eher ein Hobby von mir. Ich fahre selber ein Cabrio – äh, einen offenen Wagen.« Magnus stand auf. »Ich mache dir einen Verbesserungsvorschlag. An deiner Stelle würde ich die Räder etwas anders aufhängen und ein paar Scheiben dazwischenschieben. Etwa so ...« Er zeichnete mit dem Finger Bilder in die Luft. »Dann hättest du diese ganzen Probleme nicht mehr. Außerdem erscheint mir der Wagen nicht besonders windschnittig. Würde man das Gestell stromlinienförmiger bauen«, sein Zeigefinger malte weiter Bilder, »dann könntest du bestimmt ein Drittel mehr an Geschwindigkeit rausholen. Äh ... hast du Papier und Bleistift, damit ich es dir aufmalen kann?«

»Daedalus«, Regulus machte eine Kopfbewegung, »bring eine Wachstafel und einen Griffel!«

Daedalus ging los und kam kurze Zeit darauf mit dem Gewünschten zurück.

Magnus nahm ihm die kleine Tafel ab und fing an, mit dem Griffel auf die weiche Wachsschicht zu kritzeln. Regulus sah ihm interessiert zu. Auch der Maler stellte sich auf die Zehenspitzen, um einen Blick auf die Zeichnung werfen zu können.

»So ungefähr.« Magnus reichte Regulus das Täfelchen. Dieser starrte eine Minute lang schweigend darauf. Dann fragte er: »Wo hast du das gelernt? Warum kennst du dich so gut mit Fahrzeugen aus?«

»Das sind Erfahrungswerte«, sagte Magnus bescheiden.

Da hat es sich wieder mal gezeigt, dass es durchaus nützlich sein kann, wenn man sich mit technischen Dingen wie Computer oder Autos beschäftigt! Onkel Magnus' Freundinnen haben sich deswegen oft tierisch aufgeregt und das Ganze als »Männerkram« abqualifiziert. Es ging sogar so weit, dass eine seiner Verflossenen wissen wollte: »Wen liebst du eigentlich mehr? Dein Cabrio oder mich?«

So eine dämliche Frage!

Jetzt profitierten wir endlich mal von Onkel Magnus' Technik-Spleen. Regulus war bereit, den Prof als Chefkonstrukteur einzustellen und ihn mit Silber zu bezahlen. Mit einem Schlag wurden wir unsere Geldsorgen los!

Manchmal hat der Mensch eben Glück. Obwohl wir eigentlich natürlich immer noch total in der Klemme saßen, denn keiner von uns konnte das verhängnisvolle Datum vergessen: Am 24. August würde Pompeji untergehen …

Übrigens konnte ich, was Technik anging, auch ein bisschen mitreden. Schließlich hatte ich dabei geholfen, unseren Haushalt zu vollautomatisieren. Marie-Lotte war fast ausschließlich mein Produkt!

Der Prof machte jedenfalls mit Regulus einen Deal: Er versprach ihm, beim Bau eines neuen Wagens behilflich zu sein, dafür verlangte er für uns drei Verpflegung und Unterkunft und die Ersatzteile, die er brauchte.

Regulus schlug ein, obwohl ein paar seiner Leute skeptisch blieben und uns weiterhin für Spione hielten. Beispielsweise der Schnitzer. Ich hörte ganz deutlich, wie er Regulus zuflüsterte:

»Das Ganze könnte eine Falle sein. Möglicherweise verplempern wir mit dem Wagenbau eine Menge Zeit und die Blauen trainieren inzwischen seelenruhig weiter für das Rennen.«

Doch Regulus reagierte ganz souverän und schnippte nur mit den Fingern. »Unser normales Training findet natürlich zu den üblichen Zeiten statt, gar keine Frage! Wir werden auf Nummer sicher gehen. Und was den neuen Wagen betrifft, so werden wir eben Überstunden einlegen und auch die Nächte nutzen, damit er so rasch wie möglich fertig wird.«

Dann sagte er zum Prof: »Nun zeig mal, was du kannst, und bau für uns den schnellsten Wagen der Welt!«

Später, als wir im Heu lagen und Tertius neben uns fest schlief, kamen mir plötzlich Bedenken. Ob das Ganze wirklich so klug gewesen war?

»Immerhin haben wir ein Quartier und ums Essen brauchen wir uns auch keine Sorgen zu machen«, meinte Magnus, der wie immer sehr praktisch dachte. »Ich muss nur aufpassen, dass ich den Kerlen hier nicht zu viel verrate, sonst beschleunigt sich am Ende die technische Entwicklung insgesamt. Das könnte verheerende Folgen haben! Stellt euch vor, man würde Autos schon im Mittelalter erfinden ...«

Der Prof mit seinen ewigen Bedenken, dass Zeitreisen den Ablauf der Geschichte ändern könnten! Wenn Melanie da gewesen wäre, hätten die beiden sicher wieder endlos diskutiert.

Mich interessierte viel mehr, ob wir überhaupt eine Chance hatten, ins einundzwanzigste Jahrhundert zurückzukehren, aber Magnus gab sich da ganz zuversichtlich. Ob er uns nur Mut machen wollte oder es wirklich ernst meinte – keine Ahnung. Ich lebe ja schon fünf Jahre bei meinem Onkel, aber ich durchschaue ihn meistens immer noch nicht richtig. Und manchmal will er sich einfach nicht in die Karten gucken lassen!

Thomas wollte wissen, warum uns Regulus anfangs für Spione gehalten hatte. »Was sollte das ganze Gerede von den ›Blauen‹?«

Archie, unser Computergenie, hätte sicher bestens Auskunft geben können, aber so musste der Prof sein ganzes Wissen alleine zusammenkramen.

»Die ›Blauen‹ sind die Konkurrenz. Jedenfalls meine ich, dass ich so was mal gelesen habe. Sie haben eine andere Werkstatt, in der sie ihre

Rennwagen herstellen. Ist euch aufgefallen, dass die Wagen unserer Werkstatt alle grün sind? Offenbar ist Grün die Farbe von Regulus und seinen Leuten. Und wahrscheinlich kann die grüne Wagenpartei die blaue nicht riechen und umgekehrt. Jeder fürchtet natürlich, dass der andere die besseren Rennwagen baut.«

Ein bisschen wie heute, wo sich die Formel-1-Fahrer und ihre Teams mit ihren tollen Flitzern gegenseitig übertrumpfen wollen ...

Ich persönlich kann diesen Rennen im Fernsehen nicht sehr viel abgewinnen, aber der Prof guckt sie mit Leidenschaft. Im Albert-Einstein-Institut wird dann auch immer diskutiert, wer wohl der Favorit ist und gewinnen wird. Im Büro seines Chefs hängt neben dem Poster mit einer Supernova auch ein großes Plakat von Michael Schumacher! Das sagt doch schon alles ...

Das neue Modell im Elchtest

Benjamin konnte in dieser Nacht lange keine Ruhe finden. Im Heu zu schlafen war gewöhnungsbedürftig, die Halme piekten ihn ständig und irgendwann fing sein Rücken an fürchterlich zu jucken.

Gegen Morgen schlief er endlich ein, aber selbst da plagten ihn unruhige Träume. Riesige Bienen wollten sich in der Zeitmaschine einnisten und dort ihre Waben bauen. Benjamin versuchte, eines der monsterhaften Insekten abzuwehren und schlug wild um sich.

»Ich bin's nur«, hörte er Thomas sagen. »Los, du Schlafmütze, wenn du Frühstück willst, dann musst du aufstehen!«

Benjamin fuhr hoch. Dann erinnerte er sich wieder daran, dass sie in Pompeji waren, und stöhnte.

»Der Prof ist schon vor zwei Stunden aufgestanden, um die Pläne zu zeichnen«, teilte ihm Thomas mit.

»Ja, er ist nicht zu bremsen, wenn ihm etwas durch den Kopf geht«, sagte Benjamin. Er schnupperte. »Wonach riecht es denn hier? Brennt's irgendwo? Ist der Vesuv schon ausgebrochen?«

»Tertius macht Frühstück«, erklärte Thomas.

»Ja, und offensichtlich lässt er den Toast genauso anbrennen wie

Marie-Lotte!« Benjamin griff nach dem rauen Seil, das quer über ihnen an einem Holzbalken befestigt war. Mit Schwung ließ er sich am Seil vom Dachboden hinabgleiten und landete direkt neben Tertius.

Der Sklave, der gerade dabei war, Speckstückchen und ein paar Fische in der Pfanne zu braten, wandte sich um und zwinkerte dem Jungen freundlich zu.

Dann versuchte er etwas zu sagen, aber so sehr sich Benjamin auch bemühte, er verstand nicht, was der Sklave meinte. Da kam Daedalus herein und übersetzte: »Tertius meint, dass es bei Regulus ein besseres Frühstück gibt als anderswo. Die meisten Leute essen morgens höchstens ein Stück Brot. Doch wir bekommen eine warme Mahlzeit, damit wir bei Kräften bleiben. Das ist zwar teurer, zahlt sich aber bei den Rennen aus.«

»Was machen die Verletzungen?«, erkundigte sich Benjamin.

»Mir geht es schon viel besser.« Daedalus betastete die Beule auf seiner Stirn. »In einer Woche wird der Maulwurfshügel da nicht mehr zu sehen sein. Und mein Arm hat sich zum Glück nicht entzündet. Ich war bei einem Barbier, der hat eine hochwirksame Salbe gegen Verletzungen ... Falls du mal Bedarf hast, kann ich dir gerne seine Adresse geben. Der flickt jeden wieder zusammen! –Aber jetzt lass sehen, Tertius, was du da wieder zusammengebrutzelt hast. Hm, lecker!«

In diesem Moment landete Thomas mit einem Plumps neben Benjamin. »Blöde Art, um da runterzukommen. Eine Leiter wäre praktischer.«

Tertius zog die Pfanne vom Herd weg. Daedalus angelte sich mit einem kleinen Holzspieß einen Fisch heraus. Tertius grinste nur.

Benjamin fand gebratenen Fisch zum Frühstück ziemlich ungewöhnlich, aber er hatte Hunger und langte kräftig zu, genau wie Thomas. Daedalus verteilte seine Portion auf einem Holzteller und zog damit ab, um draußen im Freien zu frühstücken.

Weil Tertius nichts ausplaudern konnte, traute sich Benjamin in seiner Gegenwart auch, über zu Hause zu reden.

»Wäre bestimmt nicht nach Melanies Geschmack«, sagte er und deutete auf den Fisch.

»Da hast du Recht«, antwortete Thomas, der sich wieder daran erinnerte, dass Melanie Vegetarierin war.

»Ob sie unser Verschwinden schon bemerkt hat?«, überlegte Benjamin.

»Wahrscheinlich.«

»Hoffentlich rennt sie nicht zur Polizei!«

»Quatsch, Melanie ist ja nicht doof. Die wird sich denken, dass wir mit der Zeitmaschine unterwegs sind – und da würde eine Suchaktion sowieso nichts bringen. Außer Schwierigkeiten natürlich.«

»Hm. Hoffentlich hast du Recht.« Benjamin stocherte an einem Fisch herum. Er überlegte, ob er die Flosse mitessen sollte, versuchte es und spuckte sie dann doch wieder aus.

In diesem Moment tauchte Magnus neben ihm auf. Benjamin und Thomas hätten am liebsten laut losgelacht, denn der Prof war inzwischen echt römisch gekleidet. Er trug eine einfache weiße Tunika und flache Sandalen. Benjamin hatte sich noch immer nicht an den Anblick von Männern mit haarigen Beinen in kurzen Kleidern gewöhnt. Er grinste vor sich hin. »Schick siehst du aus, Onkel.«

Doch Magnus hörte gar nicht zu. Geistesabwesend hielt er Tertius einen Holzteller hin. »Die größte Schwierigkeit besteht darin, mit diesen unmöglichen Schreibrohren und der noch unmöglicheren Tinte auf Papyrus zu zeichnen. Wenn ich eine feine Einzelheit darstellen will, gibt es unweigerlich einen Klecks. – Danke, Tertius, das ist genug.«

Er sah müde aus und Benjamin vermutete, dass sein Onkel wieder mal die ganze Nacht hindurch gegrübelt hatte.

»Wenn alles gut geht, dann werde ich die Pläne bis heute Nachmittag fertig haben, vorausgesetzt, ich komme mit der verflixten Tinte zurecht. Sobald Regulus sich die nötigen Bauteile beschafft hat, kann mit der Herstellung des neuen Wagenmodells begonnen werden.«

Daedalus, der gerade hereinkam und seinen Teller zurückbrachte, starrte den Prof an. »Willst du den Wagen beim Rennen etwa selbst lenken?«

Magnus wehrte ab. »Um Himmels willen, ich doch nicht! Ich gucke bei Rennen zwar gerne zu, aber selber fahren ist nicht mein Ding.«

Es sah zunächst so aus, als wollte Daedalus etwas erwidern. Doch dann überlegte er es sich wohl anders, drehte sich abrupt um und ging in den Nebenraum.

»Nanu, was ist denn dem über die Leber gelaufen?«, fragte Benjamin verwundert.

Thomas zuckte mit den Achseln. »Keine Ahnung. Vielleicht hat er schlecht geschlafen.«

Nach dem Frühstück ging Magnus wieder an seine Arbeit. Benjamin und Thomas wurden von Regulus damit beauftragt, die

Werkstatt und den Nebenraum zu säubern. Außerdem brachte er ihnen zwei römische Gewänder. »Die Sachen müssten euch passen.«

»Ich komme mir völlig idiotisch vor«, sagte Benjamin und betrachtete die Tunika, die knapp über seinen Knien endete. Er machte ein paar tänzelnde Schritte und stieß die Luft aus. »Total albern. Das kann ich nicht anziehen!«

»Quatsch«, meinte Thomas. »Hier läuft jeder so rum und keiner denkt sich was dabei.« Er drückte Benjamin einen Besen in die Hand. »Fang lieber an sauber zu machen, anstatt dauernd nach einem Spiegel Ausschau zu halten.«

Benjamin seufzte und begann den Boden zu kehren. Staub wirbelte auf.

»Echt typisch. Die größte Dreckarbeit dürfen wieder einmal wir machen, während der Prof neue Wagenmodelle entwirft.«

Er und Thomas schufteten zwei Stunden lang, danach waren die Räume leidlich sauber. Benjamin feuerte den Besen in eine Ecke und wischte sich über die Stirn. Er war völlig verschwitzt und hatte den Eindruck, dass sogar zwischen seinen Zähnen der Schmutz knirschte.

»Ich hab gehört, dass es hier in Pompeji ein Schwimmbad gibt.« Thomas sah Benjamin herausfordernd an. »Hast du Lust?«

»Klar!«

»Ich hab einen Hinterausgang gesehen. Dort, die Tür neben dem Materiallager.«

»Worauf warten wir noch?«

Niemand achtete auf Benjamin und Thomas, als sie sich heimlich davonstahlen. Ihr Weg führte sie durch fremde Gärten und sie mussten über einige Mauern klettern. Aber niemand hielt die Jungen auf. Die meisten Gärten waren menschenleer. Nur einmal blickte ihnen eine Sklavin, die gerade die Gemüsebeete wässerte, verwundert nach. Thomas winkte ihr lässig zu. Das Mädchen ließ prompt ihre Kanne fallen und öffnete den Mund zu einem Schrei. Irgendwo im Hintergrund bellte ein Hund. Die beiden Jungen kletterten rasch über die Mauer und plumpsten auf der anderen Seite zu Boden.

»Wohin jetzt?«, fragte Benjamin.

»Die Gasse dort entlang.«

Vor ihnen lag eine Gerberei. Ein entsetzlicher Gestank schlug ihnen entgegen. Benjamin hielt sich die Nase zu. Die Jungen beeilten sich, dass sie an der Werkstatt mit den Wasserbottichen vorbeikamen.

Vor dem Haus saß ein alter Mann, der gerade ein Pferdefell aufspannte. Er sah alt und krank aus. Seine Augen waren gerötet, die Hände zitterten und aus seinem Mund rann ein Speichelfaden.

»He, ihr«, rief er den Jungen mit brüchiger Stimme zu. »Sucht ihr Arbeit? Ich brauche einen Lehrling!«

Benjamin schüttelte angewidert den Kopf. Mit giftigen Brühen und Flüssigkeiten hantieren? Der Geruch allein war schon schlimm genug. Man brauchte kein Hellseher zu sein, um zu erkennen, dass diese Arbeit einen auf Dauer krank machen würde.

Ein großer, sehr bleicher Junge kam herbei, um den Alten etwas zu fragen. Seine Beine waren dünn wie Stecken. Benjamin und Thomas wechselten einen Blick und machten sich so schnell es ging aus dem Staub.

Wenig später erreichten sie eine von Pompejis Geschäftsstraßen.

Es herrschte reger Betrieb, denn viele Leute nutzten die kühleren Vormittagsstunden, um ihre Einkäufe zu erledigen. Gegen Mittag wurde es zunehmend heißer. Benjamin und Thomas schlenderten gemächlich an den Läden vorbei. Ein freundlicher Verkäufer schenkte ihnen eine überreife Melone, die er nicht mehr verkaufen konnte.

Der Typ war echt nett. Er zerteilte die Melone sogar für uns, weil wir kein Messer dabeihatten. Wir lehnten uns an eine schattige Hausmauer und mampften. Das Wasser triefte uns übers Kinn, aber das störte uns nicht.

Von dieser Stelle aus konnte man den Vesuv sehen. Der Berg lag friedlich im Sonnenlicht da. Nichts wies auf die kommende Katastrophe hin.

Ich fröstelte. Vielleicht hatten wir nur noch neunzehn Tage zu leben und standen hier und aßen in aller Seelenruhe Melone. Ich musste an die Schule denken und an die Frage, die uns unser Ethiklehrer einmal gestellt hatte: »Angenommen, ihr hättet nur noch zwei Wochen zu leben – was würdet ihr tun?«

In Panik geraten? Alles auskosten? So weiterleben wie bisher? In unserer Klasse hatte es die heftigsten Diskussionen gegeben und anschließend waren wir uns einig gewesen, dass die Frage blöd war.

Jetzt waren wir tatsächlich in so einer Situation und übten uns darin, die Gefahr zu verdrängen. Die Melone wollte mir auf einmal nicht mehr schmecken. Wenn ich mir vorstellte, dass in ein paar Wochen alles, was wir sahen, unter Asche und Lava begraben sein würde, packte mich die wilde Wut. Aber ich wusste, wir konnten den Vulkanausbruch nicht verhindern. Keine Macht der Welt konnte das.

In diesem Moment war es ein Fluch, die Zukunft zu kennen ...

Thomas stieß mich in die Seite und machte mich auf zwei Reiter aufmerksam, die gemächlich auf uns zuritten. Die beiden hätten gegensätzlicher nicht sein können. Das eine Pferd war ein herrlicher Schimmel. Sein Fell glänzte rein weiß und der Schweif war so lang, dass er fast auf dem Boden schleifte. Auf seinem Rücken hockte ein Junge in meinem Alter. Er hielt verkrampft die Zügel, sein Gesicht war hochrot und auf seiner Stirn standen Schweißperlen. Man sah ihm an, wie sehr er das Reiten hasste. Der andere Reiter, ungefähr so alt wie der Prof, redete ununterbrochen auf ihn ein. Sein Pferd war kleiner, hässlich und grau, aber der Reiter hielt sich tadellos. Als die beiden an uns vorbeiritten, schnappten wir ein paar Gesprächsfetzen auf.

» ... deinem Vater nur erzählen, Caius? Du hast das schönste Pferd von Pompeji und du bist kerngesund. Wann legst du endlich deine dumme Angst ab? Du stirbst schon nicht gleich, wenn du mal vom Pferd fällst!«

Die Lippen des Jungen zitterten. Er sah aus, als würde er gleich anfangen zu heulen. Irgendwie tat er mir Leid.

»Ich wünschte, ich würde stürzen und wäre für immer ein Krüppel, damit mein Vater mich endlich in Frieden lässt!«, zischte der Junge.

Der andere Reiter zügelte sein Pferd. »So etwas will ich nie mehr hören«, sagte er scharf. »Ein Junge, der nicht reiten will! Wie soll aus dir ein Mann werden? Denk daran, wer dein Vater ist! Bald wirst du seine Nachfolge antreten. Willst du etwa, dass man dir hinterherruft: ›Caius ist ein Weichei!‹?«

Caius' Antwort konnte ich leider nicht mehr verstehen, denn die beiden Reiter verschwanden um die Straßenecke.

»Der Mann erinnert mich an unseren Sportlehrer, den wir letztes

Jahr hatten«, sagte Thomas. »Ein richtiger Leuteschinder. Der hat uns getriezt ohne Ende. Echt schlimm.«

Wir gingen weiter. Wieder stießen wir auf Häuser mit Kritzeleien an den Wänden. Die Schmiereien waren in Pompeji offenbar genauso beliebt wie bei uns.

»DIE BLAUEN WERDEN SIEGEN. WER AUF GRÜN SETZT, VERLIERT«, las Thomas laut vor.

»Es geht um das Wagenrennen«, meinte ich.

»Genau. Die können einander nicht riechen.«

»Na ja, wer weiß, ob das Rennen überhaupt noch stattfindet.«

Ich musste an die Zeitmaschine denken, die auf dem Hügel zurückgeblieben war. Plötzlich hatte ich ein ungutes Gefühl.

»Und wenn die Zeitmaschine nicht mehr da ist?«

»Quatsch, wer soll die schon klauen?«

»Lass uns lieber nachsehen«, schlug ich vor.

Ich war sicher, dass mich Thomas für überängstlich halten würde, aber zu meiner Verwunderung war er sofort einverstanden. Wir änderten also unsere Pläne. Anstatt ins Schwimmbad zu gehen, verließen wir die Stadt und gingen den Weg zurück, den wir gestern gekommen waren.

Die Zeitmaschine befand sich noch an Ort und Stelle. Keiner hatte sie angefasst. Sicherheitshalber hängten wir jedoch noch ein paar Ranken darüber. Wir waren müde und am Verdursten, als wir zu Regulus' Werkstatt zurückkehrten.

Dort herrschte eine Riesenaufregung – aber nicht wegen uns, sondern wegen der Pläne, die der Prof gezeichnet hatte.

»Das Ganze kann unmöglich funktionieren«, behauptete Daedalus. »Warum brauchen wir überhaupt ein neues Modell? Ja, ich gebe

zu, die Blauen haben momentan die besseren Wagen, aber wir haben die besseren Pferde! Wäre beim letzten Mal nicht unser bestes Gespann ausgefallen, dann hätten wir auch gesiegt! Ich bin nach wie vor davon überzeugt, dass man unseren Pferden verdorbenes Futter in die Krippe geschmuggelt hat, sonst hätten sie nicht so urplötzlich diese Koliken bekommen ...«

Ich hatte das Gefühl, dass Daedalus eifersüchtig auf meinen Onkel war. Ist ja auch klar: Da kam einfach ein Fremder daher und sagte den Kerlen, wo's langging. Das schmeckte dem Typen natürlich nicht.

Regulus tippte mit dem Fingerknöchel auf die Zeichnung. »Also hältst du nichts davon, die Achse anders aufzuhängen als gewohnt?«

»Herr, du weißt, ich bin in meinem Leben schon viele hundert Rennen gefahren. Aber ich habe keinen einzigen Wagen gesehen, bei dem die Achse auf so idiotische Weise befestigt war wie hier!« Daedalus schnaubte und verschränkte die Arme.

Thomas und ich sahen uns an und nickten. Der Chefrennfahrer mit Diva-Allüren!

Doch der Prof gab nicht so schnell klein bei. »Ich könnte jetzt viel über Reibung und Luftwiderstand, Drehzahlen pro Minute und Materialermüdung erzählen. Bei euren jetzigen Modellen erhitzen sich sicher die Wagenräder. Das Material dehnt sich aus, die Räder laufen nicht mehr so gut ...«

»Sie fangen manchmal sogar Feuer«, bestätigte ein Mann.

»Wir müssen sie mit Wasser kühlen«, bemerkte jemand aus dem Hintergrund.

Mein Onkel blieb ganz cool. »Das dachte ich mir.« Und dann redete er eine Viertelstunde lang, ohne dass jemand ihn unterbrach. Alles, was er sagte, klang total überzeugend. Ich war richtig stolz auf ihn.

»Entweder bist du ein Genie und hast tatsächlich ein völlig neuartiges System erfunden«, sagte Regulus, »oder du bist der größte Betrüger, den Pompeji je gesehen hat.«

Das Ende vom Lied war, dass Regulus abstimmen ließ. »Wer für den Bau eines neuen Modells ist, soll die Hand heben!«

Daedalus und der Schnitzer waren die Einzigen, die dagegen stimmten. Das Ergebnis überraschte mich nicht.

»Der neue Wagen wird gebaut«, entschied Regulus. »Du hast dazu genau eine Woche Zeit. Danach will ich das Modell sehen! Wenn es funktioniert, dann bekommst du von mir alles, was du willst. Und wenn nicht ...« Er beendete den Satz nicht, aber seine zusammengezogenen Augenbrauen waren Drohung genug.

Mann, was für ein Chef!

Mich fröstelte, obwohl es in der Werkstatt heiß und stickig war.

In den nächsten Tagen hatte ich das Gefühl, dass ich meinen Onkel nicht mehr kannte. Er wirkte auf mich wie ein Fremder. Wie besessen steigerte er sich in seine neue Arbeit hinein. Verdrängte er so den Gedanken an die tödliche Gefahr? Oder konnte er dadurch seine Begeisterung für Rennfahrzeuge endlich einmal richtig ausleben?

Ich kam einfach nicht mehr an ihn heran. Wenn ich ihn fragen wollte, wie groß unsere Chance sei, die Zeitmaschine wieder in Betrieb zu nehmen, wich er mir aus und brummelte nur etwas davon, dass er noch keine Ahnung hätte, wie er das mit dem Transformator hinkriegen sollte. Aber es schien ihm überhaupt keine Sorgen zu machen.

Sein Verhalten irritierte mich.

In der Werkstatt spielte er sich als Chef auf. Er kommandierte die anderen herum, gab ihnen Anweisungen und schimpfte, wenn einer seiner Befehle nicht zufrieden stellend ausgeführt wurde. Ich bemerkte, dass Daedalus' Blicke hinter seinem Rücken immer feindseliger wurden. In ihm hatte der Prof bestimmt keinen Freund ...

Die Schinderei zeigte jedoch Erfolg. Schon vier Tage später war der Wagen im Groben fast fertig. Es fehlten nur noch die Feinheiten und Verzierungen, aber das Wesentliche war vorhanden. Das neue Modell konnte erprobt werden.

»Sieht ja ganz schnittig aus«, sagte Daedalus gönnerhaft schmeichelnd zum Prof, aber kurz darauf hörte ich, wie er zu Regulus sagte: »Ich traue der Konstruktion nicht. Die Frage ist doch: Wie verhält sich der Wagen bei hoher Geschwindigkeit? Hält er das Gewicht eines erwachsenen Mannes überhaupt aus? Oder bricht sich der Fahrer schon bei der ersten Kurve das Genick?!«

Mein Onkel hatte Ohren wie ein Luchs und hörte alles. Er trat zu den beiden Männern. »Nach meinen Berechnungen ist die Stabilität genauso hoch wie bei den anderen Wagen, wenn nicht sogar höher!«

»Alles Theorie!«, schnaubte Daedalus abfällig. »Ich will wissen, wie sich der Wagen in der Praxis verhält! Ich habe keine Lust, mein Leben zu riskieren, wenn ich dieses Höllengefährt lenke!« Seine Augen wurden schmal.

»Der Wagen ist nicht gefährlicher als jeder andere«, widersprach Onkel Magnus.

Aber Daedalus lächelte nur dünn. »Das wissen wir erst, wenn wir ihn getestet haben. Sergius ist schon losgegangen, um ein Vierergespann Pferde zur Rennbahn zu bringen.«

»Du willst den Wagen testen? Jetzt gleich?«, fragte der Prof, doch weder Daedalus noch Regulus gaben ihm eine Antwort. Stattdessen öffneten sie die Tür zum Innenhof.

Dort stand ein grauer Esel. Daedalus packte ihn beim Halfter und führte ihn in die Werkstatt. Mit geschickten Handgriffen spannte er das Tier vor den Wagen.

»Der Grauhals wird unser Supermodell zur Rennbahn ziehen.« Daedalus warf noch rasch eine Decke über das Fahrgestell. »Die Konkurrenz braucht nicht zu sehen, dass wir einen neuen Wagen gebaut haben.«

Der Wagen rumpelte über die Türschwelle der Werkstatt. Regulus sperrte eine Pforte auf und wenig später holperte der Wagen über das Straßenpflaster.

Wir gingen nebenher.

»Er läuft leicht«, stellte Daedalus fest. »Das ist jedoch noch keine Garantie, wie er sich beim Rennen verhält.«

Der Prof war ausgesprochen guter Dinge. Man sah ihm an, dass er sehr stolz auf sein Meisterwerk war. »Ich bin gespannt, wie der Wagen rollt!«

Wir verließen Pompeji durch eines der Stadttore und erreichten wenig später das Trainingsgelände – einen großen, sandigen Platz. Sergius wartete schon. Er hielt die Zügel von vier Pferden in der Hand, allesamt große, rassige Tiere. Ihr dunkelbraunes Fell glänzte in der Sonne und sie tänzelten unruhig.

»Blitz und Donner, Feuervogel und Gewitterwolke«, sagte Daedalus.

Ich dachte zunächst, er würde vor sich hin fluchen, doch dann kapierte ich, dass es sich um die Namen der Pferde handelte.

»Vier unserer besten Tiere«, sagte Regulus stolz. »Sie sind schnell wie der Wind und ungemein ausdauernd. Sie können vier Runden laufen, ohne einen Tropfen Schweiß zu vergießen.«

Daedalus band den Esel los und fing an, die Pferde anzuschirren. Sergius half ihm dabei. Schließlich waren auch alle Zügel befestigt. Sergius führte die Pferde zunächst mit dem leeren Wagen auf dem Gelände hin und her. »Scheint alles in Ordnung zu sein, Herr.«

»Soweit man das bei diesem Schneckentempo beurteilen kann«, meinte Regulus. Er knallte mit der Peitsche. »Komm wieder her, Sergius. Jetzt will ich den Wagen im Einsatz sehen.«

Sergius brachte Pferde und Wagen zurück. Wir warteten darauf, dass Daedalus oder ein anderer von Regulus' Wagenlenkern das Fahrzeug besteigen würde, doch keiner der Männer rührte sich. Dann fiel mir auf, dass alle den Prof anstarrten. Daedalus und Regulus grinsten. Onkel Magnus wurde blass.

»Ich? O nein! Unmöglich! Ich habe so ein Ding noch nie gelenkt ...«

»Dann wird es Zeit, dass du es lernst«, sagte Regulus.

Für den Prof gab es kein Entrinnen.

Jetzt wurde mir einiges klar. Sie hatten ihn gewähren lassen, weil sie plötzlich eine Chance sahen, mit seiner Hilfe das nächste Rennen zu gewinnen. Aber sie wollten auch kein Risiko eingehen. Falls Onkel Magnus ein Betrüger oder ein Saboteur war, dann würde es sich bei diesem Probelauf zeigen.

Ich stand Todesängste aus. Wenn jetzt etwas schief ging ... Wenn er einen Unfall baute oder eine Panne hatte, würden sie ihn sicher umbringen. Und Thomas und mich höchstwahrscheinlich auch.

»Scheiße«, murmelte ich. »Das war 'ne abgekartete Sache.«

Thomas nickte und starrte mich entsetzt an. »Die sind doch total wahnsinnig!«

Onkel Magnus protestierte noch immer und behauptete, er wisse nicht einmal, wie man die Zügel richtig hält.

»Kein Problem«, sagte Regulus und grinste. »Die Pferde kennen die Strecke im Schlaf.«

Sergius knotete die Zügel zusammen und befestigte das Bündel am vorderen Wagenteil.

»Steig auf!«, befahl Regulus und drohte dem Prof mit der Peitsche. »Du hast das Ding gebaut und wirst es auch testen. Los! Oder muss ich dir erst Beine machen?«

Ich wollte meinem Onkel zu Hilfe eilen, aber Daedalus hinderte mich daran und drehte mir die Arme auf den Rücken. Auch Thomas wollte eingreifen, aber da hatte ihn Sergius schon mit festem Griff gepackt.

Hilflos mussten wir zusehen, wie der Prof mit zitternden Knien auf den Wagen stieg. Am liebsten hätte ich laut geschrien. Das konnte einfach nicht gut gehen! Er würde sich den Hals brechen!

»Los, Donner! Gewitterwolke, lauf!«, schrie Regulus und hieb mit der Peitsche auf die Pferde ein.

Der Wagen schoss los. Onkel Magnus klammerte sich am Fahrgestell fest. Ich kniff die Augen fest zu, um nicht mit ansehen zu müssen, wie es ihn gleich aus der Kurve fetzte …

Ich machte meine Augen erst wieder auf, als ich Regulus sagen hörte: »Gar nicht so übel …«

Der Wagen war zum Stillstand gekommen. Onkel Magnus, grasgrün im Gesicht, wollte absteigen, wurde ohnmächtig und kippte einfach in den Sand. Sergius kümmerte sich um ihn, während Daedalus die Zügel der Pferde übernahm.

Thomas und ich waren wieder frei und rannten zum Prof.

»Bist du okay, Onkel Magnus?«, rief ich voller Panik und schüttelte ihn.

Er gab zwar keine Antwort, aber er bewegte sich schon wieder. Dann drehte er sich zur Seite und kotzte in den Sand.

Eine Viertelstunde später stand er wieder auf den Beinen und seine Gesichtsfarbe war fast normal.

»Ich hab gedacht, ich überleb's nicht.«

»Das haben wir auch gedacht«, sagte ich.

Der Prof grinste mich an. »Ach weißt du, Unkraut vergeht nicht!«

In diesem Moment schlug ihm Regulus von hinten auf die Schulter. »Gute Arbeit, Mann. Ich muss zugeben – ich hatte so meine Zweifel. Aber deine Neuerungen scheinen sich zu bewähren.«

Daedalus drehte mit dem Wagen bereits seine ersten Trainingsrunden. Regulus, der mit kritischem Blick Lenker und Fahrzeug beobachtete, nickte zufrieden.

»Schnelles Wägelchen!«

Daedalus kam auf sie zugeschossen und bremste scharf vor Regulus ab. Eine Staubwolke hüllte die Männer ein.

»Fantastischer Wagen«, schrie Daedalus. »Der braucht gar keine Pferde, sondern nur ein bisschen Rückenwind, haha! Das nächste Rennen werden wir locker gewinnen!«

Regulus, der vorhin noch mit der Peitsche auf den Prof losgegangen war, gab sich jetzt zuckersüß und lud meinen Onkel zu einem Festmahl bei einem gewissen Varius Fortunatus ein.

»Ihr beide dürft natürlich auch mitkommen«, sagte er dann zu Thomas und mir und ließ seine schweren Pranken auf unsere Schultern sinken. »Weil ihr so tüchtige Helfer seid!«

Lorbeeren für Magnus Ambrosius

»Ich erkenne mich nicht wieder. Das soll ich sein?« Magnus Ambrosius betrachtete sich in einem großen Bronzespiegel. Er trug eine lange Toga und einen grünen Umhang, der an der Schulter mit einer Brosche geschlossen wurde. Sein Haar war frisch gewaschen und in leichte Locken gelegt.

Benjamin und Thomas waren ähnlich gekleidet. Regulus hatte den Prof und die Jungen in sein Haus geführt, damit sie sich für das Abendessen zurechtmachen konnten. Es lagen frische Kleider für sie bereit und ein Sklave war ihnen beim Ankleiden behilflich.

Benjamin störte sich an der ungewohnten Stofffülle seines Gewands. Er hatte das Gefühl, dass ständig etwas verrutschte.

»Ich komme mir vor, als wollte ich zu einem Kostümfest.«

»Hör auf, dauernd an dir herumzuzupfen«, sagte der Prof. »Du machst mich nervös. Ich habe ohnehin schon Lampenfieber. Wenn ich nur wüsste, was dieser Varius Fortunatus von mir will!«

Es musste sich bei ihrem Gastgeber um eine höher gestellte Persönlichkeit handeln, aber sie hatten noch nicht herausgefunden, welche Stellung er genau bekleidete.

Ein Sklave meldete, dass die Sänften bereitstünden.

Benjamin und sein Onkel teilten sich eine Sänfte, während Thomas und Regulus in die andere stiegen. Vier starke Träger waren pro Sänfte nötig. Mit sanftem Geschaukel wurden die Reisenden durch die Gassen und Straßen von Pompeji getragen, bis sie vor einer großen Villa anhielten.

»Stinkvornehme Hütte«, meinte Benjamin. »Der Kerl ist sicher noch reicher als Regulus.«

»Hm, scheint so.« Magnus reckte den Hals. Es schien sich um eine ausgesprochen große Party zu handeln, denn die Wagen und Sänften und auch die Gäste, die zu Fuß gekommen waren, stauten sich bereits am Eingang. Pferde wieherten, ein Pförtner schrie und einige Männer versuchten vergeblich, Ordnung in das Durcheinander zu bringen.

Benjamin und der Prof stiegen aus ihrer Sänfte, ebenso Thomas und Regulus. Der Werkstattbesitzer schickte seine Träger nach Hause. Er und die Zeitreisenden gingen die letzten Meter zu Fuß. Das Gewühl war unglaublich. Ein Pferd trat auf den Saum von Benjamins Toga. »So ein Mist!«

»Sei froh, dass es dir nicht auf den Fuß getreten ist«, sagte der Prof und legte den Arm um Benjamins Schulter.

Einer der Türhüter erkannte Regulus und winkte ihn und seine Gäste an sich vorbei.

Die Villa übertraf an Prunk und Luxus alle Häuser, die die Zeitreisenden bisher in Pompeji gesehen hatten. Mosaiken prangten an den Wänden. Der Fußboden war mit Marmor belegt. Überall brannten Öllampen und beleuchteten die Räume. Der Duft des Blumenschmucks machte die Luft schwer.

Thomas war fasziniert von den Kunstwerken an der Wand. Sie schienen immer wieder denselben Mann darzustellen – als Knabe, als Jüngling und als Erwachsenen.

»Das ist Varius Fortunatus selbst«, erklärte Regulus feierlich.

An Minderwertigkeitskomplexen litt der Kerl also bestimmt nicht. Sich so im eigenen Haus zu verewigen! Voll peinlich!

Neugierig gingen wir weiter und gelangten in den Speisesaal. Ich hatte schon im Lateinunterricht gehört, dass die Römer sich beim Essen am liebsten hinlegten, aber jetzt sah ich es mit eigenen Augen. Eigentlich ziemlich praktisch! Die Liegen waren alle um einen großen Tisch herum aufgestellt, sodass man bequem zulangen konnte. Was mir mein Lateinlehrer allerdings nicht erzählt hatte, war, dass überall Sklaven herumliefen, die den Gästen die Hände und Füße wuschen. Es gab sogar einen, der die Fußnägel reinigte.

In dem Moment kam schon ein rothaariger Sklave auf mich zu, grinste und führte mich zu einer Liege. Ich ließ es zwar zu, dass er mir die Hände wusch, kam mir aber saukomisch dabei vor. Doch das Lachen verging mir, als mir der Sklave zuflüsterte:

»Du hast mit dem linken Fuß zuerst den Speisesaal betreten. Das bringt Unglück.«

»Entschuldigung«, sagte ich. »Das habe ich nicht gewusst.«

Nun waren meine Füße an der Reihe und der Sklave streifte mir die Sandalen ab. Als er mir die Füße wusch, hielt ich es fast nicht mehr aus. Ich bin doch so wahnsinnig kitzelig!

Die Dame auf der Nachbarliege drehte sich zu mir um, weil ich so glucksen musste. Ihr Gesicht war stark geschminkt. Sie lächelte mich an. Meiner Ansicht nach hatte sie schon einiges getrunken.

»Neu in Pompeji?«

Ich nickte und fragte mich insgeheim, wie ihre komplizierte Hochfrisur ohne Haarspray und diesen ganzen modernen Schnickschnack überhaupt halten konnte.

»Und woher kommst du, schöner Fremder?«

Schöner Fremder! Ich traute meinen Ohren nicht. Wollte die mich etwa anmachen?

Ich blieb cool. »Aus Werthausen.«

»Davon habe ich noch nie gehört. Wo liegt das?« Sie angelte sich ein paar Weintrauben vom Tisch. Ihre Art und Weise sie zu essen, war merkwürdig: Sie spitzte die Lippen, küsste die Traube und saugte sie dann in den Mund. Dabei sah sie mich unverwandt an.

Ihr Blick machte mich nervös.

»Werthausen liegt ungefähr tausend Kilometer im Norden und fast zweitausend Jahre von hier«, erwiderte ich.

Sie zuckte mit keiner Wimper. »Aha. Du bist demnach weit gereist. – Die Trauben sind wirklich lecker. Du solltest sie probieren. Sie schmecken einfach köstlich. – Oh, welche Herrlichkeiten kommen denn da?«

Soeben betraten zwei Männer mit einem riesigen Tablett den Speisesaal. Ich sah Wildschweine, gebratene Vögel, Pasteten, ... Das Wasser lief mir im Mund zusammen.

Doch der Appetit verging mir gleich wieder, als ein paar Sängerinnen anfingen, auf ihren Instrumenten herumzuzupfen und Loblieder auf Varius Fortunatus anzustimmen. Oberpeinlich! Was war dieser Varius demnach doch für ein reicher, großzügiger und selbstloser Mann!

»So lasset uns jubeln und singen,
denn er lässt immer was springen!«

Mir wurde von den schrecklichen Liedern ganz schlecht, ehrlich! Am liebsten hätte ich mir die Finger in die Ohren gesteckt.

Ein Sklave vor mir zerteilte das Geflügel und legte mir eine Keule auf den Teller. Sie sah sehr lecker aus! Ein zweiter Sklave wollte mir eine Soße über meinen Teller gießen, aber ich konnte zum Glück noch rechtzeitig abwehren.

»Kein Liquamen?«, fragte der Sklave nach.

Mit dieser Fischsoße konnte man mich jagen!

»Nein, danke«, sagte ich höflich. »Lieber nicht.«

»Ganz wie du wünschst.«

Inzwischen war der Speisesaal knallvoll und alle Liegen waren besetzt. Das Geschnatter der vielen Stimmen wurde dermaßen laut, dass man die Sängerinnen kaum noch verstehen konnte – was ja eigentlich nicht besonders schade war. Man schenkte Wein aus und die Stimmung wurde immer ausgelassener und fröhlicher.

»Wo steckt denn nun unser Hausherr?«, rief eine Frau und lachte schrill.

Ja, das interessierte mich auch. Ich hätte ihn gerne gesehen. Wer war denn nun dieser oberwichtige Varius Fortunatus?

»Er hat eine Überraschung angekündigt«, sagte ein Mann. »Vielleicht kommt er im Gladiatorenkostüm. Oder er ist längst hier und wir haben ihn nur noch nicht erkannt. Ihr kennt doch Varius' Späße!«

»Allerdings kennen wir die«, bestätigte sein Nachbar. »Habt ihr schon gehört, dass er bei den Rennen selbst als Wagenlenker auftreten will?«

»Da muss ich dabei sein«, japste eine Dame mit hochrotem Gesicht und fächelte sich mit der Hand Kühlung zu. »Wann sind denn die nächsten Rennen? Ich will aufs Landgut meines Neffen fahren, aber die Rennen muss ich unbedingt sehen.«

»Varius Fortunatus hat den Termin auf Ende August gelegt«, antwortete der Erste. »Es werden die spannendsten Rennen seit Jahren. Die Weißen, die Blauen, die Grünen und die Roten ... alle bereiten sich schon seit Wochen darauf vor.«

»Natürlich werden *wir* gewinnen«, sagte ein Mann, der einen grünen Umhang trug – genau wie Magnus Ambrosius.

»Die Blauen sind zur Zeit sehr stark«, widersprach der Erste. »Ich wette, dass sie diesmal –«

Man ließ ihn nicht ausreden.

»Unmöglich!«

»Die grüne Wagenpartei ist viel besser!«

»Wir haben aufgeholt.«

»Nieder mit den Blauen! Wer auf diese Bande setzt, wirft sein Geld zum Fenster hinaus!«

»Ich wette diesmal jedenfalls keinen Sesterz«, schwor ein anderer. »Das letzte Mal habe ich alles verloren. Ich schaue nur zu, ohne mein Geld zu riskieren.«

»Das sagst du jedes Mal und dabei bist du immer der Erste im Wettbüro!«

Da entstand plötzlich Unruhe im Saal. Ein Mann hatte den Raum betreten.

»Ah, hier kommt endlich unser Hausherr!«, rief ein Gast. »Sei gegrüßt, Varius Fortunatus!«

Der Angesprochene war ein massiger Mann. Die nackten Arme, die aus der Toga hervorragten, waren fett und aufgeschwemmt. Das gerötete Gesicht verriet, dass Varius Fortunatus nicht nur gerne aß, sondern auch gerne viel Wein trank.

Er winkte huldvoll mit der Hand. »Seid willkommen, meine lieben Freunde! Ich habe euch für diesen Abend eine Überraschung versprochen.« Er durchquerte mit gemessenen Schritten den Raum und blieb vor Magnus stehen. »Ich freue mich, Euch an diesem Abend als Freund und Ehrengast begrüßen zu dürfen. Als Anerkennung für Eure Verdienste sollt Ihr aus meiner Hand diesen Kranz entgegennehmen.«

Auf Varius' Kopfbewegung hin trat ein Sklave herbei, der ein Purpurkissen trug. Darauf lag ein grüner Lorbeerkranz. Varius nahm den Kranz und setzte ihn Magnus ohne Umschweife auf den Kopf.

Die Gäste klatschten begeistert.

»Danke«, sagte Magnus Ambrosius überrascht. »Ich fühle mich wirklich sehr geehrt.«

»Dieser Mann hier«, verkündete Varius Fortunatus stolz, »hat nämlich für die grüne Wagenpartei einen neuen Rennwagen entwickelt, der schneller ist als alle bisherigen Fahrzeuge.«

Beifall brach los.

»Er lebe hoch, hoch, hoch!«

»Der Sieg ist unser!«

»Die grüne Partei wird gewinnen, ganz klar!«

Varius befahl, neuen Wein zu bringen.

»Dies ist wirklich ein Anlass zum Feiern. Der Wein soll in Strömen fließen! Nur zu, Freunde, tut euch keinen Zwang an! Fühlt euch bei Varius Fortunatus ganz wie zu Hause!«

»Sagt, was unterscheidet denn Euren Wagen von den anderen?«, fragte ein ältlicher Mann, dem es endlich gelungen war, zu Magnus Ambrosius vorzudringen.

Bevor dieser jedoch antworten konnte, legte Varius Fortunatus den Finger auf die Lippen. »Aber mein Freund, Ihr werdet Euer Geheimnis doch nicht ausplaudern?«, sagte er in gespielt vorwurfsvollem Ton. »Zwar kann ich meinen Gästen hier natürlich voll vertrauen, aber manchmal haben die Wände Ohren und ich will nicht, dass uns die Blauen am Ende noch einen Strich durch die Rechnung machen.« Er zwinkerte jovial. »Verstanden?«

»Wenn du ein Wort verrätst«, zischte plötzlich von hinten eine Stimme in Magnus' Ohr, »dann wird die Sache schlimm für dich ausgehen.«

Als sich der Prof nach dem Sprecher umdrehte, sah er Regulus hinter sich stehen. Der Werkstattbesitzer drehte einen silbernen Becher mit Wein in den Händen und lächelte. Doch seine Augen waren kalt.

Entführt!

Mein Onkel lässt sich selten richtig voll laufen, aber an diesem Abend passierte es. Er war so betrunken, dass er nicht mehr gerade gehen konnte. Thomas und ich hatten alle Mühe mit ihm.

»Komm, wir müssen nach Hause!« Ich versuchte, ihn fast gewaltsam von der Liege einer schönen Dame wegzuzerren, wo er es sich gerade gemütlich gemacht hatte. Offenbar kam er auch hier in Pompeji gut bei den Frauen an.

»Jetzt lass mich doch!«, wehrte er ab. »Noch fünf Minuten!«

»Aber Regulus' Sänften warten schon«, wandte ich ein.

»Mir doch egal«, murmelte er und tätschelte der Dame den Arm.

»Magnus ist ein schöner Name«, säuselte sie, strich über sein Haar und rückte den Lorbeerkranz zurecht.

Er küsste ihr die Hand. »Und wie heißt du?«

»Julia.«

»Jetzt komm!«, sagte ich energisch und packte ihn am Arm.

»Wer ist der Jüngling?«, fragte Julia.

»Mein Sohn Benjamin.«

»Oh, du hast einen Sohn?«

»Mein Pflegesohn«, korrigierte Onkel Magnus sich. »Er ist der Sohn meiner verstorbenen Schwester.«

Ich wollte auf keinen Fall, dass er noch weiter unsere Familienverhältnisse vor fremden Leuten ausbreitete. »Wenn du jetzt nicht mitkommst, gehe ich allein!«

»Gute Idee.«

»Das könnte dir so passen.« Ich gab Thomas mit dem Kopf ein Zeichen. Er kam sofort zu uns herüber und half mir. Zu zweit schafften wir es endlich, Onkel Magnus hochzuziehen.

Er winkte der Dame zu. »Wir sehen uns noch, Julia.«

»Hoffentlich, Magnus.«

Mühsam bahnten wir uns einen Weg nach draußen.

»Wo ist das Klo?«, jammerte mein Onkel.

»Keine Ahnung. Außerdem ist da jetzt bestimmt ein Riesenandrang.« Ich ärgerte mich mächtig über sein Verhalten. Zu seiner Entschuldigung konnte man höchstens sagen, dass es der Honigwein wirklich in sich hatte. Ich hatte nur kurz daran genippt und sofort war mir schwindelig geworden. Onkel Magnus hatte das Teufelszeug jedoch gleich becherweise in sich hineingeschüttet.

»Ich bin vollkommen fertig«, klagte Onkel Magnus, als wir das Haus endlich verlassen hatten. »Außerdem ist dieses Ding da lästig.« Er feuerte den Lorbeerkranz ins Gebüsch.

Ich hielt Ausschau nach den Sänften. Es standen zwar noch immer eine Menge Wagen vor Varius Fortunatus' Haus, aber das Gedränge war längst nicht mehr so schlimm wie vor einigen Stunden. Regulus' Sänften waren jedoch nicht zu sehen.

»Was nun?«, fragte Thomas.

»Hallo, Taxi!« Onkel Magnus machte sich los, trat auf die Straße *und schnippte mit den Fingern. Wir mussten ihn mit aller Gewalt wieder zurückzerren.*

»In seinem Zustand kann er unmöglich den ganzen Weg nach Hause laufen«, flüsterte ich Thomas zu, aber der Prof hörte es natürlich.

»Was heißt hier ZUSTAND?« Er straffte sich. »Ich kann noch sehr gut zu Fuß gehen, Jungs. Ich kann sogar einen Wagen lenken, jawohl! Gebt mir Pferde und eine Kutsche und ich fahre euch nach Hause.«

Typischer Fall von Selbstüberschätzung im Suff!

»Schon gut, Onkel Magnus«, beruhigte ich ihn. »Vielleicht haben sich Regulus' Sänften einfach verspätet. Ich schlage vor, wir warten hier ein paar Minuten und wenn niemand kommt, geh ich noch mal rein und frage, ob uns jemand heimbringen kann.«

»Das ist lieb von dir«, lallte der Prof.

Auf dem Pflaster klapperten Hufe. Eine Kutsche rollte heran und hielt vor dem Eingang. Kurz darauf kam ein Paar aus Varius Fortunatus' Haus und stieg ein. Ich wollte die Leute gerade nach einer Mitfahrgelegenheit fragen, da rief Thomas:

»Dort drüben kommen unsere Sänften!«

Die Träger näherten sich von der anderen Seite der Straße. Zumindest zwei der Männer erkannte ich wieder. Es waren dieselben, die uns hergetragen hatten.

Um es den armen Trägern nicht schwerer als nötig zu machen, entschieden Thomas und ich, uns eine Sänfte zu teilen, während wir die andere dem Prof überließen.

Wir sahen, wie die Sänfte mit ihm in der Dunkelheit verschwand.

»Wie kriegen wir ihn nachher bloß auf den Heuboden rauf?«, fragte ich.

»Keine Ahnung. Notfalls muss er auf dem Boden in der Werkstatt schlafen«, meinte Thomas.

Die Träger schaukelten uns heimwärts. Jetzt merkte ich, wie müde ich war. Auch Thomas gähnte.

»Hast du eigentlich was von den gebratenen Haselmäusen gegessen?«, fragte ich.

Er schüttelte den Kopf. »Die Pfaueneier haben seltsam genug geschmeckt. Ich hab mich hauptsächlich an das Obst gehalten.«

Ich lehnte mich in die Kissen und döste vor mich hin. Ich fand, dass es im Großen und Ganzen ein netter Abend gewesen war. Jedenfalls bis auf den Schluss und das Theater mit meinem besoffenen Onkel.

Nachdem man ihn in die Sänfte bugsiert hatte, fiel Magnus Ambrosius sofort in einen tiefen Schlaf. Zuerst bildete er sich ein, das Kissen, das er tätschelte, sei Julias Knie. Doch dann veränderte sich die Traumlandschaft, er stand wieder auf dem von ihm konstruierten Wagen und galoppierte mit einem Vierergespann die Rennbahn entlang. Rechts und links verfolgten ihn andere Wagen. Sie drängten ihn zur Seite und versuchten ihn zu rammen. Plötzlich gab es einen Rumms und Magnus fuhr hoch.

»Huch! Wo bin ich?«

Vor seiner Nase baumelte ein Vorhang. Jemand leuchtete ihm mit einer Fackel ins Gesicht.

»Ist er das?«, fragte eine fremde Stimme.

Eine zweite antwortete: »Denkst du vielleicht, wir haben uns den Falschen gegriffen?«

Magnus begriff nicht, was um ihn herum passierte. Sein Kopf war dick und schwer, alles drehte sich. War er noch auf dem Fest?

»Regulus?«, fragte er in die Dunkelheit hinein. »Benjamin? Thomas?«

Vier Hände griffen nach ihm. »Ruhig Blut, wir helfen dir raus. Du kannst ja nicht mehr auf eigenen Füßen stehen.«

»Pfoten weg!«, knurrte Magnus. Frechheiten ließ er sich nicht gefallen, außerdem war er überzeugt, dass er es allein schaffen konnte. Energisch schwang er seine Beine aus der Sänfte, verhedderte sich prompt in den langen Stoffbahnen, verlor das Gleichgewicht und landete im Straßenschmutz.

Gelächter ertönte. Niemand half ihm auf. Am liebsten wäre Magnus liegen geblieben, aber mit letzter Kraft kam er auf die Knie und zog sich an einer Mauer hoch. Trotz seines Zustands merkte er, dass etwas nicht stimmte. Die Gegend war ihm völlig fremd.

»Was soll das? Wo ist Regulus' Werkstatt? Wo ist die andere Sänfte? Es waren doch zwei ...«

»Tja, wir mussten leider einen kleinen Umweg machen. Ich hoffe, du nimmst uns das nicht übel. Wenn du alles tust, was wir von dir verlangen, dann kannst du bald zu deinen Freunden zurückkehren.«

Das Gesicht des Sprechers konnte Magnus nicht sehen, es lag im Schatten einer Kapuze.

»Was wollt ihr von mir?« Magnus verwünschte den Wein. Wäre er nüchtern gewesen, dann hätte er sich wehren oder vor den Leuten wegrennen können. Aber jetzt gehorchte ihm sein Körper einfach nicht mehr ...

»Schlaf erst einmal deinen Rausch aus«, sagte ein anderer. »Wenn du uns entgegenkommst, dann krümmen wir dir kein einziges Haar. Es liegt also an dir.«

Die Männer packten Magnus links und rechts am Arm. Dann stießen sie ihn in einen Hauseingang. Irgendwo schwelte eine Öllampe und es stank nach altem Fisch. Magnus musste mit letzter Kraft eine Holztreppe hinaufsteigen und wurde auf eine Liege geschubst. Danach schloss sich hinter ihm die Tür.

»Was soll das?«, brüllte er, doch er bekam keine Antwort.

Irgendetwas stimmte nicht. Wir hatten eine Viertelstunde lang auf die Sänfte mit dem Prof gewartet. Ein mulmiges Gefühl stieg in mir hoch.

»Wo bleibt er nur?«

Thomas versuchte mich zu beruhigen. Er meinte, die Träger könnten einen Umweg gemacht haben.

»Oder dein Onkel hat es sich anders überlegt und ist noch mal zu Varius Fortunatus zurückgekehrt.« Er grinste viel sagend.

Das war natürlich nicht ganz auszuschließen. Möglicherweise hatte die schöne Julia meinem Onkel Magnus ja total den Kopf verdreht. Es wäre nicht das erste Mal, dass er wegen einer Frau seine Pläne änderte.

Wir warteten noch fünf Minuten, aber dann waren wir uns einig, dass es nichts mehr brachte.

»Der wird schon wieder auftauchen«, meinte Thomas. »Spätestens morgen Früh.«

Ich stellte mir vor, wie Onkel Magnus in Julias Bett seinen Rausch ausschlief. Das Bild gefiel mir nicht besonders, aber was sollte ich schon dagegen machen? »Okay«, sagte ich, »lass uns reingehen.«

Regulus' Pförtner ließ uns ein. Kurz darauf hatten wir uns ausgezogen und kletterten auf den Dachboden. Tertius wurde wach und fuhr hoch.

»Wir sind's nur«, sagte Thomas. »Schlaf weiter.«

Ich kuschelte mich zurecht. Aber obwohl ich vorhin in der Sänfte so müde gewesen war, konnte ich nicht einschlafen. Mit offenen Augen starrte ich in die Finsternis und lauschte auf die Geräusche draußen auf der Straße. Einmal rollte ein Wagen vorbei. Vielleicht hatte der Prof eine Kutsche genommen? Doch der Wagen fuhr weiter, ohne zu halten.

Ich zwang mich, nicht mehr an Onkel Magnus zu denken. Wahrscheinlich amüsierte er sich im Augenblick prächtig, während ich mir hier die allergrößten Sorgen machte. Ich ballte grimmig die Fäuste.

Am nächsten Morgen war Onkel Magnus jedoch immer noch nicht da. Wir fragten Regulus nach ihm, aber der wusste auch nichts. Angeblich sei der Prof gestern Nacht nicht noch einmal zu Varius Fortunatus zurückgekehrt. Regulus versprach uns, sich bei den Sänftenträgern zu erkundigen. Kurz darauf kam ein Sklave zurück und brachte die Nachricht, die Träger seien nirgendwo zu finden.

»Bestimmt haben die heute Nacht durchgefeiert und schlafen noch«, sagte Regulus. »Es tut mir Leid, dass ich euch nicht weiterhelfen kann. Macht euch keine zu großen Sorgen. Sicherlich kommt unser Freund im Laufe des Tages zurück. Hier in Pompeji geht keiner so schnell verloren.«

Doch ich war keineswegs beruhigt, im Gegenteil.

»Wir gehen jetzt zu Varius zurück und schauen nach, ob wir unterwegs irgendwelche Anhaltspunkte finden«, schlug ich Thomas vor. Das war zwar irgendwie ein hirnrissiger Plan, aber immerhin besser, als immer nur zu warten. Also trabten wir los.

Die Ladeninhaber bauten vor den Geschäften gerade ihre Tische *auf und stapelten ihre Waren darauf. Karren lieferten Obst und Gemüse an. Am Straßenrand lagen Bettler und Betrunkene, die nicht mehr den Weg nach Hause gefunden hatten. Wir guckten jeden genau an. Hätte ja sein können, dass der Prof darunter war.*

Schließlich erreichten wir Varius Fortunatus' Villa, ohne eine Spur von ihm entdeckt zu haben.

»Komplette Fehlanzeige«, sagte Thomas. »Den Weg hätten wir uns schenken können.«

Ich hockte mich an den Straßenrand und fühlte mich ziemlich mutlos. Schon die ganze Zeit über gingen mir düstere Gedanken durch den Kopf. Der Prof als Leiche im Graben. Vielleicht war er das Opfer eines Überfalls geworden. Ich verwünschte diese ganze Zeitreise und diese verdammte Stadt. Es hatte von Anfang an nur Schwierigkeiten gegeben.

»Ob er zur Zeitmaschine gegangen ist und auf eigene Faust versucht hat, nach Hause zu kommen?«, überlegte ich laut.

Thomas hockte sich neben mich. »Ohne uns? Glaub ich nicht. Schließlich hatten wir ja keinen Streit oder so. Lass mich nachdenken. Vielleicht gibt es einen Hinweis, den wir übersehen haben. Hm ... dein Onkel ist seit gestern Abend ein wichtiger Mann. Angenommen, man hat ihn entführt ...«

»Entführt?«, fragte ich erschrocken. »Um Lösegeld von uns zu erpressen?«

Thomas schüttelte den Kopf. »Nein, aber der Prof hat immerhin einen neuen Wagen entwickelt. Nur weil er für Regulus gearbeitet hat, hat die grüne Wagenpartei jetzt einen Vorteil. Aber die Konkurrenz schläft nicht. Vielleicht haben die Blauen Wind von der Sache bekommen. So etwas spricht sich doch sicher schnell herum.«

Ich dachte nach. Vielleicht war da sogar wirklich etwas dran.

Thomas spann seinen Verdacht weiter. »Angenommen, auf Varius' Party war ein Spitzel der Blauen. Er hat sich den Prof angeguckt und seine Leute benachrichtigt. Und die haben den Professor in der Sänfte entführt und werden jetzt versuchen, alle Betriebsgeheimnisse aus ihm herauszupressen.«

Ich hatte einen Kloß im Hals. »Bist du sicher, dass die Blauen dahinter stecken? Es gibt doch auch noch die Weißen und die Roten.«

»Stimmt, die könnten es natürlich auch gewesen sein.«

»So ein Mist!« Ich stützte meinen Kopf in die Hände. »Und was jetzt?«

Wir überlegten, aber es wollte uns kein kluger Plan einfallen. Plötzlich stieß mich Thomas in die Seite und sagte: »He, guck mal, haben wir den nicht schon mal gesehen?«

Ein Junge in einer weißen Tunika kam aus Varius Fortunatus' Villa. Der Sklave, der neben ihm herlief, trug eine Tafel und mehrere Griffel.

»Beeil dich, Caius«, drängte er. »Diesmal kommen wir bestimmt zu spät. Du weißt doch, wie wütend Callimachos werden kann!«

»Callimachos kann mich mal«, knurrte Caius. »Der hat mich erst neulich bei meinem Vater verpetzt. Ich sei ein Feigling und würde mich immer von den anderen ärgern lassen. Dabei stimmt das gar nicht!«

Ich erkannte den Jungen wieder. Es war der, den wir neulich auf dem weißen Pferd gesehen hatten. Offenbar war Varius Fortunatus sein Vater.

»Komm endlich«, drängte der Sklave, aber Caius ging jetzt erst recht langsam.

»Callimachos kann ruhig warten! Soll er doch einen anderen in

Geometrie abfragen!« Dann entdeckte er uns. »Falls ihr zu meinem Vater wollt, dann müsst ihr später wiederkommen. Der schläft noch.«

Er wollte weiter, aber ich sprang auf und rief: »Warte!«

Caius blieb stehen. »Ja, was ist denn noch?«

Ich fragte ihn, ob er zufällig meinen Onkel irgendwo gesehen hätte. Ich beschrieb sein Aussehen ganz genau.

Doch Caius schüttelte den Kopf. »Nein, tut mir Leid.«

»Er ist nämlich verschwunden und wir machen uns große Sorgen um ihn«, erklärte ich. »Also, falls du irgendwelche Neuigkeiten hörst – du findest uns in Regulus' Werkstatt.«

Caius versprach, die Augen offen zu halten, dann ging er mit seinem Sklaven davon.

»Eigentlich ein ganz netter Kerl«, meinte Thomas. »Blöd, wenn sein Vater ihm solchen Druck macht.«

Ich nickte. Dann beschlossen wir weiterzusuchen. Ich war bereit, ganz Pompeji unter die Lupe zu nehmen, Meter für Meter. Irgendwo musste mein Onkel doch stecken!

Wir bogen in eine enge Gasse ein. Es stank nach Rauch und wir sahen, dass aus einer Fensteröffnung Qualm drang.

»Ist da Feuer ausgebrochen? Oder brennt nur etwas an?« Ich reckte den Kopf.

In dem Moment kam ein Schwall Wasser von oben. Ich reagierte zwar blitzschnell und sprang zur Seite, trotzdem wurde ich nass.

»Verdammt!«

Eine alte Frau tauchte im Fenster des oberen Stockwerks auf.

»Habe ich jemanden getroffen?«, nuschelte sie. Sie hatte nur noch wenige Zähne. »Selber schuld, wenn ihr dort unten steht. Um diese Zeit gieße ich immer meinen Nachttopf aus.«

»Nachttopf«, wiederholte ich tonlos, während sich Thomas vor Lachen ausschütten wollte.

»Nichts für ungut, Benni.« Er hieb mir auf die linke Schulter, die trocken geblieben war. »Wenigstens ist jetzt klar, wohin wir als Nächstes gehen: ins öffentliche Bad. Vielleicht erfahren wir dort auch etwas über den Prof.«

Hellseher gegen Hellseher

Im Morgengrauen erwachte Magnus mit schlimmen Kopfschmerzen. Es war stickig und schwül und er hatte keine Ahnung, wo er sich befand. Die Fenster des Zimmers, in dem er die letzte Nacht verbracht hatte, waren vergittert und der Raum war bis auf das Bett und eine Truhe leer. Als sich Magnus aufrichtete, wurde ihm übel und der Boden bewegte sich auf und ab.

»Verfluchter Alkohol!«

Er klammerte sich an einen Bettpfosten, bis das Schwindelgefühl vergangen war, und wankte dann zum Fenster. Als er hinaussah, schaute er direkt in die gelben Augen einer großen Katze. Das schwarze Biest öffnete das Maul und maunzte laut. Magnus zuckte erschrocken zurück. Seine Nerven waren in keinem guten Zustand.

Krampfhaft versuchte er sich zu erinnern, was nun eigentlich in der Nacht geschehen war. Zuerst das Fest bei Varius Fortunatus ... Dann ein kompletter Filmriss ... Ein paar Männer, die ihn grob behandelt hatten. Und jetzt war er hier in diesem schmuddeligen Zimmer.

Offenbar hatte man ihn entführt. »Aber warum?«

Das Stehen war zu anstrengend und er setzte sich wieder auf die Bettkante. Noch immer hatte er die Toga und den grünen Umhang an. Beides war inzwischen reichlich verknittert.

Plötzlich ertönten mehrere Schritte auf der Holztreppe. Magnus blickte angespannt zur Tür. Der Riegel wurde zurückgeschoben und vier Männer betraten den Raum, kräftige Kerle mit vernarbten Oberkörpern und tätowierten Armen.

Es war nicht gerade die Gesellschaft, die der Prof schätzte.

»Endlich ist er wach! Wurde ja auch Zeit.«

»Los, Alter, jetzt rede endlich!«

»Was wollt ihr von mir?«, fragte Magnus. »Ich hab kein Geld, Erpressung ist also zwecklos, ich sag's euch gleich. Da habt ihr euch den Falschen rausgesucht.«

Die Kerle grinsten sich an. Dann streckte der Stärkste von ihnen die Hand aus, griff nach Magnus' Umhang und drehte den Stoff so lange zusammen, bis Magnus kaum noch Luft bekam.

»Willst du uns für dumm verkaufen? Wir wollten dich und wir haben dich. Wenn du mitmachst, passiert dir nichts. Andernfalls ...«, Magnus' Peiniger drehte sich nach den anderen um, »... können wir auch reichlich ungemütlich werden.«

Magnus rang verzweifelt nach Atem.

Endlich lockerte der Mann seinen Griff. »Ich sehe, du willst etwas sagen. Rede!«

Der Prof rieb sich den misshandelten Hals. »Was wollt ihr eigentlich von mir?«

Jetzt kam der Kerl ganz nahe an ihn heran, starrte ihm in die Augen und blies ihm seinen übel riechenden Atem ins Gesicht. »Hör gut zu! Du hast für die grüne Wagenpartei einen Wagen gebaut. Ich weiß nicht, wie viel sie dir dafür geboten haben, aber wir machen dir für das gleiche Modell ein viel interessanteres Angebot – nämlich dein Leben! Du sollst uns verraten, was den neuen Wagen so schnell macht. Andernfalls wirst du Pompeji nicht lebend verlassen.«

Allmählich begann Magnus zu begreifen. Die Konkurrenz hatte ihn gekidnappt! Es ging um Macht, Ruhm und Ehre – und natürlich auch um Geld.

Einer der Männer trug einen blauen Gürtel. Magnus nickte langsam.

»Ihr seid von den Blauen beauftragt worden.«

»Schlaukopf«, spottete der Wortführer. »Wenn du so klug bist, dann verstehst du sicher, dass Schweigen zwar manchmal seine Vorteile hat, aber unter Umständen auch lebensgefährlich sein kann. Dein Schicksal liegt in deinen Händen!«

Magnus schwieg.

»Die Wagenrennen sind sehr wichtig«, sagte ein anderer. »Und die Spiele Ende August werden entscheidend sein. Da wird sich zeigen, wer von uns die schnellsten Wagen bauen kann und wer die besten Wagenlenker hat.«

Ende August.

»Eure ganzen Bemühungen sind umsonst«, sagte Magnus ruhig. »Die Spiele werden nicht stattfinden.«

»Wer sagt das?«, schrie der Wortführer aufgebracht, packte ihn an den Schultern und schüttelte ihn. »Die Ankündigungen laufen, es ist genügend Geld zur Verfügung gestellt worden, die Rennbahn ist reserviert, wir stecken mitten in den Vorbereitungen ... Wie kannst du behaupten, dass die Spiele nicht stattfinden werden?«

»Vielleicht«, begann Magnus geheimnisvoll, »gibt es ein Naturereignis, das euch einen Strich durch die Rechnung machen wird.«

»Du meinst das Wetter?«, fragte der Wortführer. »Da kann ich dich beruhigen, wir können auch bei Regenwetter Rennen fahren. Es ist dann sogar noch spannender!«

»Es könnte sein«, Magnus hob die Augen zur Decke, »dass eine pechschwarze Wolke den Himmel verdüstern wird. Sie bringt jedoch keinen Regen, sondern Asche und Steine. Und dann kommt das Feuer ...«

Er merkte, wie die Männer durch seine Worte verunsichert wurden.

»Was soll das?«

»Bist du ein Seher?«

»Hattest du einen Traum, der dir die Zukunft gezeigt hat?«

»ICH WEISS ES.« Magnus beschloss, sein Wissen einzusetzen. Schließlich ging es um sein Leben. »Ich weiß mit Sicherheit, dass die Spiele ausfallen werden und dass es nie wieder ein Wagenrennen in Pompeji geben wird. Deswegen ist es völlig egal, ob ihr einen neuen Wagen baut oder nicht. Noch vor Ende August wird nämlich die Hölle über die Stadt hereinbrechen.«

Der Anführer schaute seine Kameraden irritiert an. »Was sagt ihr dazu?«

»Entweder kennt er tatsächlich die Zukunft oder er ist ein Betrüger.«

»Er lügt, um seine Haut zu retten.«

»Er will bloß das Geheimnis nicht verraten.«

Der Anführer wandte sich wieder dem Professor zu. »Da hörst du es.«

Magnus zuckte mit den Schultern. »Ihr braucht mir nicht zu glauben. Trotzdem wird Pompeji untergehen, und zwar sehr bald. An eurer Stelle würde ich meine Sachen packen und diesen Ort verlassen. Nur so werdet ihr überleben.«

Der Anführer schwieg eine Zeit lang. Dann sagte er: »Schon einmal hat Pompeji den Zorn der Götter erregt. Damals hat ein Erdbeben der Stadt großen Schaden zugefügt. Spielst du darauf an?«

»Das, was kommen wird, ist noch viel schlimmer«, antwortete Magnus.

Der Wortführer wurde sichtlich nervöser. Er warf den anderen hektische Blicke zu. »Quintus, dein Onkel ist ein stadtbekannter Hellseher. Du gehst zu ihm hin und fragst ihn, ob Pompeji tatsächlich von Unheil bedroht wird.«

Der Angeredete nickte. »Mein Onkel hat vor Jahren prophezeit, dass bei den Spielen einmal furchtbare Unruhen unter den Zuschauern ausbrechen werden, und genauso ist es gekommen.«

»Er ist also kein Scharlatan?«, fragte ein anderer.

»Nein, er hat wirklich das zweite Gesicht«, beteuerte Quintus. »Was er weissagt, tritt immer ein.«

»Nun denn.« Der Anführer wandte sich wieder Magnus zu. »Wir werden sehen. Falls du gehofft hast, dass wir dich nun umgehend freilassen, so hast du dich getäuscht. Du wirst erst einmal hier bleiben. Und wehe, du hast uns belogen!«

Wir fühlten uns wie neugeboren, als wir aus dem Badehaus kamen. Hier in Pompeji verstand man etwas von Wellness, keine Frage.

»Könnte ich jeden Tag machen«, sagte Thomas und seufzte zufrieden.

Ich hatte von Regulus eine neue Tunika bekommen und fühlte mich darin nun pudelwohl und sehr, sehr sauber. Ich schaute auf meine Arme, die noch leicht gerötet waren. Ich hatte zuerst befürchtet, dass der Kerl, der mich abgeschrubbt und dann auch eingeölt hatte, mir die ganze Haut abschaben wollte.

Für eine kurze Zeit hatten wir unsere Probleme verdrängen können, aber jetzt kamen sie wieder. Und leider waren wir keinen Schritt weiter. Uns fehlte ein Plan, die passende Strategie. Wo, in aller Welt, sollten wir Magnus bloß suchen?

»Wir müssten irgendwie Kontakt zu diesen Konkurrenzparteien kriegen«, überlegte ich laut. Aber wie? Wahrscheinlich waren sich alle spinnefeind.

»Guck mal, dort drüben ist Caius«, sagte Thomas plötzlich. »O weh, diesmal hat er wieder seinen gestrengen Trainer bei sich. Bestimmt muss er jetzt tausend Meter auf Zeit schwimmen oder so. Schlimm, wenn der Vater unbedingt eine Sportskanone aus einem machen will!«

Er winkte. Caius wurde auf uns aufmerksam und lächelte uns zu. Er ließ seinen Begleiter stehen und kam zu uns rüber.

»Hallo«, begrüßte ich ihn. »Pompeji ist ein Dorf. Wir treffen dich immer wieder! Na, Unterricht zu Ende?«

Caius verdrehte die Augen. »Zum Glück! Callimachos hat heute mit uns die großen Philosophen durchgenommen und ich muss mir bis morgen Gedanken darüber machen, was nun eigentlich der Sinn des Lebens ist.« Er stöhnte. »Na, Reiten bestimmt nicht!«

»Kommst du?«, rief der Trainer.

»Gleich«, schrie Caius zurück. Zu uns sagte er: »Ich muss los, leider. Man sieht sich.«

»Warte noch einen Moment«, sagte Thomas und fasste Caius am

Arm. »Wir waren doch gestern Abend bei deinem Vater eingeladen. Auf dem Heimweg ist dann sein Onkel«, er deutete auf mich, »verschwunden. Wir vermuten, dass er von einer Wagenpartei entführt worden ist, möglicherweise von den Blauen, weil sie die stärkste Konkurrenz der Grünen sind. Hast du eine Ahnung, wie wir mit den Leuten Kontakt aufnehmen könnten?«

Caius wurde bleich und fing an zu stottern. »Ich weiß gar nichts. Mein Vater ist ein Anhänger der grünen Partei und unterstützt sie nach Kräften. Mit den Blauen haben wir nichts zu schaffen.«

Thomas ließ Caius los. »Schade«, sagte er. »Wir hatten gehofft, dass du uns vielleicht einen Tipp geben kannst.«

Ich hatte das Gefühl, dass Caius etwas verheimlichte. Er schien kein besonders guter Schauspieler zu sein und es war ganz deutlich, dass ihn Thomas' Frage aus der Fassung gebracht hatte. Ich beschloss daher, noch eins draufzusetzen. »Vielleicht muss mein Onkel sterben«, sagte ich und machte ein todtrauriges Gesicht.

Caius zögerte.

»Dann habe ich niemanden mehr«, murmelte ich leise. »Meine Mutter ist nämlich schon lange tot.«

Es gab mir einen Stich und ich bat Mama insgeheim um Verzeihung. Noch nie hatte ich ihren Tod dazu benutzt, um bei anderen Mitleid zu erregen. Aber vielleicht konnte ich jetzt mit dieser Mitleidstour bei Caius tatsächlich etwas erreichen.

»Ich hab nicht mal Geschwister«, fuhr ich mit gepresster Stimme fort und wischte mir eine nicht vorhandene Träne aus dem rechten Augenwinkel. Thomas sah mich schon seltsam von der Seite an.

Kleine Schweißperlen sammelten sich auf Caius' Oberlippe. Er schien mit sich zu kämpfen.

»Die Sache mit den Blauen …«, begann er zögernd und jedes Wort schien ihn große Anstrengung zu kosten. »Ich hab zufällig was mit angehört. Aber wehe, wenn ihr es weitersagt.« Er blickte sich hastig um, doch es stand niemand in unserer Nähe. »Drusus ist ein Freund meines Vaters. Das heißt, zumindest waren sie früher sehr eng miteinander befreundet. Ich weiß nicht, ob Drusus gestern auch eingeladen war. Ich lag mit Magenschmerzen im Bett, deswegen war ich bei der Feier nicht dabei.« Er machte eine kleine Pause. »Drusus hat Kontakt zu den Blauen, das weiß ich. Früher war er ein Anhänger der grünen Wagenpartei, genau wie mein Vater. Drusus züchtet auf seinem Landgut herrliche Pferde. Sie sind schnell wie der Wind und die Blauen haben ihm für seine Tiere sehr viel Geld geboten. Als ich einmal im Badehaus war, habe ich mitbekommen, wie Drusus mit den Blauen verhandelt hat. Er hat ihnen Pferde für die Rennen geliefert. Mein Vater ahnt nichts davon, sonst würde er Drusus sein Haus verbieten.« Caius betrachtete seine Fußspitzen.

»Du hast deinem Vater also nichts verraten?«, fragte Thomas.

Caius schüttelte den Kopf. »Ich verstehe mich mit Drusus sehr gut. Er ist der Einzige, der Verständnis dafür hat, dass ich nicht mehr gerne reite, seit ich einmal so schlimm vom Pferd gestürzt bin.«

Ich nickte. Caius' Vater, Varius Fortunatus, schien ja im Gegensatz zu diesem Drusus überhaupt kein psychologisches Einfühlungsvermögen zu haben, was seinen Sohn anging. Kein Wunder, dass das Verhältnis zwischen den beiden gespannt war.

Caius redete weiter. »Drusus hat mir Hercules geschenkt, das schönste Pferd aus seiner Zucht. Zum Geburtstag. Er hat gehofft, dass ich mit Hercules' Hilfe meine Angst vor dem Reiten verliere.« Er seufzte. »Ich habe wirklich keine Ahnung, was ich machen soll. Wenn mein Vater erfährt, dass ich die ganze Zeit darüber Bescheid gewusst habe, dass Drusus die Blauen unterstützt – ich glaube, er würde mich umbringen.« Seine Stimme zitterte.

»Von uns erfährt er nichts«, versprach ich.

»Dieser Drusus hat also gute Verbindungen zu den Blauen«, sagte Thomas. »Durch ihn könntest du vielleicht erfahren, wo Magnus Ambrosius ist.«

Caius machte ein gequältes Gesicht. »Drusus ahnt nicht, dass ich etwas über seine Kontakte weiß. Sie haben mich damals im Badehaus nicht bemerkt und geglaubt, allein zu sein.«

Tja, eine schwierige Sache. Wir konnten ihn natürlich nicht zwingen, uns zu helfen. »Es wäre trotzdem toll, wenn du mal versuchen könntest, ob du was rauskriegst«, meinte ich.

Caius überlegte. »Wir treffen uns morgen zur gleichen Zeit hier«, schlug er dann vor. »Jetzt muss ich aber los.«

Er rannte über die Straße und verschwand im Eingang zu den Badeanlagen.

»Komischer Vogel«, sagte Thomas. »Ob er morgen wirklich kommt?«

»Ich hoffe es«, erwiderte ich, aber sicher war ich mir auch nicht.

Der Raum war dunkel. Auf dem Holztisch stand nur eine kleine Öllampe. Die Flamme flackerte unruhig. Ein älterer Mann saß auf einem Stuhl und starrte in den Lichtschein.

»Was siehst du, Onkel?«, fragte Quintus ungeduldig.

»Gar nichts, wenn du mich immer wieder unterbrichst«, knurrte der andere. »Kapierst du nicht, dass ich mich konzentrieren muss, wenn ich in die Zukunft schauen will?«

»Entschuldige.«

Der Onkel wandte seine Aufmerksamkeit wieder der Lampe zu. Quintus beobachtete die tanzenden Schatten auf seinem Gesicht. Die buschigen Brauen zogen sich zusammen, das linke Augenlid begann zu zucken, die Pupillen wurden klein wie Punkte. Dann war sein Blick auf einmal leer wie der eines Blinden. Quintus spürte, wie die Kälte vom Steinboden aufstieg. Er fing an zu zittern, doch er wagte nicht, sich zu bewegen – aus Angst, seinen Onkel wieder zu stören.

Es kam Quintus wie eine Ewigkeit vor, bis der Seher endlich sprach. Zuerst waren seine Worte leise und undeutlich, doch dann wurden die Sätze immer klarer.

» ... Daedalus ist in der vierten Runde. In der Kurve wird sich das Rad lösen. Er fliegt vom Wagen. Die Zuschauer schreien ... Die Blauen haben jetzt einen Vorsprung. Weiß fällt endgültig zurück ... Nein, die Roten holen nicht mehr auf. Siebte Runde ... Das Publikum tobt ... Ich sehe ... ich sehe ... Sieg für die Blauen!«

Quintus konnte sich nicht mehr zurückhalten.

»Ist das wahr?«, rief er aufgeregt. »Wir werden siegen?«

Schlagartig erwachte der Onkel aus seinem Trancezustand. »Du Trottel! Jetzt ist das Bild weg und es kommt heute bestimmt nicht wieder!«

Quintus senkte schuldbewusst den Kopf. »Verzeihung! Ich bin ein Idiot.«

»Allerdings«, erwiderte der Onkel, schon etwas milder gestimmt. »Wann lernst du endlich, dich zu beherrschen und deine Zunge im Zaum zu halten?«

»Vermutlich nie.«

»Jedenfalls kannst du jetzt deinen Leuten sagen, dass die Rennen stattfinden werden. Ich weiß allerdings nicht, ob es gut ist, wenn du ihnen verrätst, dass sie siegen werden. Möglicherweise strengen sie sich dann nicht mehr an.«

»Du hast also wirklich keine Katastrophe für Pompeji vorausgesehen?«, fragte Quintus und stand auf.

»Nicht die geringste, mein Neffe.« Der Onkel klopfte Quintus auf die Schulter. »Katastrophal wäre es nur, wenn du versuchen würdest, selbst einen Wagen zu lenken. Versprich mir, dass du dich nie auf so ein Höllending stellst! Du weißt doch, ich habe dich schon mit gebrochenen Beinen gesehen.«

»Die Arbeit mit den Pferden ist mir auch viel lieber«, gab Quintus zu. »Ich füttere und pflege sie und lasse sie an der Longe laufen, wenn sie Bewegung brauchen. Damit bin ich zufrieden. Weiter geht mein Ehrgeiz gar nicht. Ich will kein Wagenlenker werden, selbst wenn ich da Millionen Sesterze verdienen würde.«

»Das beruhigt mich«, sagte der Onkel. Er zwinkerte. »Als Wagenlenker würdest du aber unzählige Mädchenherzen brechen.«

Quintus wurde rot. »Will ich ja gar nicht.«

»Ein Herz würde dir wohl schon genügen?«, zog der Onkel ihn auf. »Das von Priscilla vielleicht?«

Quintus packte seinen Onkel am Ärmel. »Du weißt, Onkel, wie ich zu Priscilla stehe. Bitte sag mir doch endlich, ob ich Chancen bei ihr habe! Was hält sie von mir? Gefalle ich ihr? Liebt sie mich wenigstens ein klein wenig? Schau für mich doch mal in die Zukunft, bitte!«

Der Onkel schob seinen Neffen sanft, aber mit Nachdruck zur Tür hinaus. »In Herzensdinge mische ich mich grundsätzlich nicht ein. Geduld, mein Freund! – Ach, übrigens«, er hielt Quintus noch einen Moment lang zurück, »es ist viel einfacher, Priscilla selber zu fragen, als einen alten Onkel mit Hellseherei zu beauftragen!«

Magnus erkannte schon am Geräusch des Riegels, dass er verloren hatte. Ruckartig wurde die Tür geöffnet und ein Trupp Männer stürmte in den Raum.

Feindseligkeit und Abneigung lagen in der Luft.

»Du hast gelogen«, schnauzte der Anführer Magnus an. »Es gibt keinen Untergang von Pompeji. Die Spiele werden stattfinden und wir werden haushoch siegen!«

Es war ein anderer Wortführer als beim ersten Mal – ein bulliger Mann mit roten Haaren. Auch seine Brust und seine Arme und Beine waren mit rötlichem Flaum bedeckt. Das blaue Gewand und die dünnen Schnüre, die der Mann um seine Arme gewickelt hatte, bildeten einen eigenartigen Kontrast dazu.

»Du wolltest Zeit schinden. Eigentlich sollten wir dich verprügeln, aber unser Boss hat uns eingeschärft, dein wertvolles Hirn ja nicht durcheinander zu schütteln.«

»Nett von ihm«, sagte Magnus, bemüht, sich nicht aus der Ruhe bringen zu lassen. »Im Übrigen ist es eure eigene Schuld, wenn ihr mir nicht glaubt. Ich weiß nicht, wie fähig euer Seher normalerweise ist, aber jetzt steht Wort gegen Wort. Und in diesem Fall habe ich Recht.«

Die Männer lachten.

»Erst heute Morgen hat die Erde wieder gebebt«, fuhr Magnus fort. »Kurz nach Sonnenaufgang, erinnert ihr euch? Die Spannung im Boden steigt von Tag zu Tag. Das feurige Innere der Erde sucht einen Ausgang. Ich sage euch, euer Berg wird in Kürze Feuer und Asche spucken.«

»So einen Blödsinn habe ich noch nie gehört«, meinte ein hagerer Mann, der nahe bei der Tür stand.

»Du kannst dir deine Lügengeschichten sparen«, fauchte der Anführer Magnus an. »Verrate uns das Geheimnis des Wagens. Dann lassen wir dich sofort gehen.«

Magnus schwieg.

»Ganz wie du willst.« Der Anführer machte ein Zeichen mit dem Kopf. Gleich darauf stürzten sich die Männer auf Magnus. Sie drehten ihm die Hände auf den Rücken und fesselten ihn, dann verbanden sie ihm die Augen mit einem Tuch.

»Vorwärts!«

»Los, beweg die Beine! Es geht eine Treppe runter.«

»Wohin bringt ihr mich?«, fragte Magnus voller Panik.

»An den jämmerlichsten und erbärmlichsten Ort von ganz Pompeji!«

Irgendjemand drückte ihm einen Knebel in den Mund. Magnus stolperte die Treppe hinunter. Immer wieder stießen die Männer ihn in den Rücken.

Im Freien schubsten sie Magnus auf einen Karren und warfen Säcke über ihn. Dann rumpelte der Wagen los, einem ungewissen Ziel entgegen.

Magnus hatte es längst aufgegeben, sich zu wehren. Erschöpft lag er unter den Säcken und machte sich Vorwürfe. Alles, aber auch alles war schief gegangen! Hätte er doch nie diesen Wagen für Regulus gebaut! Aber nein, er hatte ja unbedingt mit seinem Wissen protzen müssen. Hatte sich geschmeichelt gefühlt, als er im Mittelpunkt gestanden und die anderen ihn bewundert hatten. Endlich hatte er einmal mehr Aufmerksamkeit bekommen als im Albert-Einstein-Institut, wo sich seine Vorgesetzten und Kollegen ständig über ihn und seine Theorien lustig machten. Die Gelder für seine Abteilung waren gekürzt worden und wahrscheinlich war es nur noch eine Frage der Zeit, wann man sie ganz auflösen würde.

Konnte man dies als Entschuldigung gelten lassen? Oder war es schlicht und einfach menschliche Eitelkeit gewesen, die ihn dazu getrieben hatte, bei Regulus den Chefkonstrukteur zu spielen?

Magnus dachte an Benjamin und Thomas. Die beiden machten sich jetzt bestimmt große Sorgen um ihn. Es war unverantwortlich, wie er sich benommen hatte. Statt seine Energie für einen Rennwagen zu verschwenden, hätte er sich die notwendigen Teile besorgen und die Zeitmaschine reparieren sollen.

Jetzt hatte er die Quittung bekommen ...

Endlich hielt der Karren an und Magnus wurde von den Säcken befreit und heruntergezerrt. Noch immer nahm man ihm die Augenbinde nicht ab. Seine Peiniger fassten ihn links und rechts am Arm und zogen ihn weiter. Nach einigen Schritten auf einem Steinboden wurde die Luft dumpf und schal. Sie mussten sich in einem Gewölbe befinden.

Irgendwo quietschte eine Eisentür. Dann nahm Magnus den scharfen Raubtiergeruch wahr. Löwen! Die Arena!

Man hatte ihn in das Amphitheater gebracht!

Immer wieder warf ich einen Blick auf meine Armbanduhr, die wunderbarerweise auch hier im alten Pompeji funktionierte. Wir warteten schon über eine Stunde, aber von Caius war nichts zu sehen.

»Ich hab doch gewusst, dass er nicht kommt«, sagte ich ärgerlich zu Thomas. »Lass uns gehen.«

»Noch fünf Minuten«, meinte Thomas.

»Okay.« Ich war einverstanden. »Aber ich fress einen Besen, wenn er noch kommt. Eher taucht Melanie hier auf.«

Melanie. Es war ein Fehler gewesen, sie zu erwähnen, denn jetzt kam uns unser ganzes Elend wieder hoch. Die Zeitmaschine außer Betrieb, Onkel Magnus verschwunden und in wenigen Tagen würde der Vesuv ausbrechen. Ich blickte schaudernd zu dem unheilvollen Berg, der im Sonnenschein jetzt noch so friedlich dalag. Der Himmel war wolkenlos blau. Meine Brust schnürte sich zusammen.

»Wir wissen, was passiert, und können trotzdem nichts dagegen tun«, sagte Thomas. »Manchmal ist es ganz schön hart, wenn man die Zukunft kennt.«

Leider kannten wir sie jedoch nicht ganz genau, sonst hätten wir auch gewusst, ob wir noch rechtzeitig von hier wegkommen würden oder nicht.

Ich schätzte unsere Chance gegen null. Wenn wir großes Glück hatten, dann konnten wir vielleicht unser Leben retten, aber nie mehr nach Werthausen zurückkehren.

Ich wurde immer deprimierter, als sich plötzlich eine Hand auf meine Schulter legte.

»Hallo.«

Ich schnellte herum. Caius stand vor mir.

»Tut mir Leid, dass ihr warten musstet. Aber ich konnte unmöglich früher weg.«

Mir fiel auf, wie nervös er war. Seine Augen huschten ständig hin und her.

»Gibt's Neuigkeiten?«, fragte ich.

Caius nickte. »Ich habe mit Drusus geredet. Er war natürlich sehr überrascht, dass ich Bescheid wusste. Aber dann hat er versprochen, mir zu helfen. Er hat einen Termin für mich vereinbart. Bei Einbruch der Dunkelheit treffe ich mich auf dem Forum mit einem der wichtigsten Männer der Blauen.«

Alle Achtung. Caius schien sich ja wirklich für uns einsetzen zu wollen!

»Ich weiß zwar noch nicht, wie ich mich von zu Hause davonstehle, aber irgendwie wird es schon klappen.« Er sah uns aufgeregt an.

»Super«, sagte Thomas und ich nickte. »Hast du prima gemacht.«

Caius blühte richtig auf. Wahrscheinlich wurde er nur selten gelobt.

»Meinst du, du kannst herausfinden, ob die Blauen Onkel Magnus entführt haben?«, fragte ich.

»Ich hoffe es.«

»Und was ist, wenn sie Lösegeld für ihn verlangen?« Das rutschte mir einfach so raus. Eigentlich war die Frage mehr an Thomas als an Caius gerichtet.

»Das wäre natürlich Scheiße«, sagte Thomas. »Aber damit müssen wir rechnen.«

Na toll. Woher sollten wir das Geld nehmen? Unsere Probleme schienen immer größer zu werden.

»Ich werde alles tun, um euch zu helfen«, versicherte Caius. »Aber ich muss jetzt wieder los. Ich melde mich dann auf alle Fälle. Ihr wohnt noch immer bei Regulus?«

Wir nickten. Caius hob zum Abschied grüßend die Hand.

»Toi, toi, toi«, sagte ich. Aber das galt eigentlich viel mehr uns als ihm.

»Ich finde es wirklich toll, wie er uns hilft«, meinte Thomas, als Caius verschwunden war. »Warum macht er das wohl?«

Ich zuckte die Achseln. »Vielleicht, weil alle anderen dauernd an ihm herummeckern und er beweisen will, dass er auch mal was auf die Beine stellen kann.«

»Hm«, machte Thomas. »Kann sein.«

Diesmal dauerte es fast zwei Tage, bis wir wieder etwas von Caius hörten. Der Wagen, der nach Onkel Magnus' Plänen gebaut worden war, war inzwischen fix und fertig. Der Schnitzer hatte sich mit den Verzierungen große Mühe gegeben.

Schon von weitem sah der Wagen total schnittig aus. Die Plattform für den Wagenlenker und der dazugehörige Windschutz hatten nicht die übliche Halbkreisform, sondern waren schmaler und eher oval.

»Gut schaut er aus«, murmelte auch der Maler, der ihm den letzten Anstrich verpasste.

In diesem Moment kam der Sklave Sergius, zupfte mich am Ärmel und sagte, dass uns draußen ein junger Mann sprechen wollte.

»Caius!«, riefen Thomas und ich wie aus einem Mund, ließen alles fallen, was wir gerade in den Händen hielten, und stürzten los.

Die vergangenen achtundvierzig Stunden waren eine Höllenqual für uns gewesen. Wir wussten immer noch nichts über das Schicksal von Onkel Magnus. Vielleicht war er ja längst tot und seine Leiche schwamm in den Abwasserkanälen von Pompeji ... Und selbst wenn das Allerschlimmste noch nicht eingetroffen war, würde es vielleicht trotzdem riesige Schwierigkeiten geben. Was wäre, wenn die Entführer nun eine Million Sesterze Lösegeld für ihn forderten? Oder wenn sie ihn gefoltert hatten und er inzwischen ein Krüppel war?

In den letzten beiden Nächten hatte ich schreckliche Albträume gehabt. Thomas war es ähnlich ergangen. Allmählich glaubte ich nicht mehr daran, dass die Sache gut ausgehen könnte, obwohl ich normalerweise ein optimistischer Mensch bin.

Draußen auf der Gasse wartete Caius. Wir erschraken, als wir ihn sahen. Er war verprügelt worden – und wie! Ein blaues Auge, verkratzte Wangen, geschwollene Lippen und die Arme und Beine voller blauer Flecken.

Trotzdem grinste er, als er uns sah.

»Wow, wer hat dich denn so zugerichtet?«, fragte ich bestürzt.

»Ach, das.« Caius berührte vorsichtig seine Lippen. »Sieht schlimmer aus als es ist. Ich hatte eine kleine Auseinandersetzung mit meinem Trainer. Ich kam zu spät und deswegen ... na ja. – Aber es gibt Neuigkeiten!«

»Schieß los«, sagte ich. Ich war ziemlich ungeduldig, aber gleichzeitig hatte ich auch etwas Angst vor dem, was ich gleich hören würde. Armer Onkel Magnus! Was war mit ihm passiert?

Caius berichtete. Wie verabredet hatte er sich an jenem Abend mit einem wichtigen Vertreter der Blauen getroffen. Zuerst hatte der Mann alles abgestritten, aber dann war er doch mit der Wahrheit herausgerückt.

»Sie haben ihn«, erzählte Caius. »Doch dein Onkel stellt sich stur und hat den Blauen nichts über das neu entwickelte Wagenmodell verraten.«

Typisch Onkel Magnus! Sein Dickschädel brachte ihn nicht zum ersten Mal in Schwierigkeiten!

»Inzwischen haben die Blauen die Hoffnung aufgegeben, rechtzeitig vor den Rennen noch ein neues Wagenmodell bauen zu können«,

fuhr Caius fort. »So gesehen, ist die Entführung eigentlich sinnlos geworden. Leider wollten sie deinen Onkel trotzdem nicht freilassen – aus Rache, weil er ihnen nichts gesagt hat. Außerdem trauen sie ihm nicht so recht. Ein paar munkeln, er habe das zweite Gesicht. Er hat für Pompeji eine Katastrophe vorausgesagt. Und die Blauen haben seit seiner Entführung ständig Pech. Ein Wagenlenker ist beim Training gestürzt und noch nicht aus seiner Bewusstlosigkeit erwacht. Außerdem geht in ihrem Rennstall eine merkwürdige Krankheit um, ein wertvoller Hengst ist sogar schon daran gestorben.«

»Was haben sie mit Onkel Magnus vor?«, fragte ich beunruhigt.

Caius sah mich triumphierend an. »Keine Sorge, ich habe erreicht, dass sie ihn freilassen werden.«

»Wie? Du?«, platzte ich heraus.

»Wie hast du das geschafft?«, fragte Thomas.

»Ich wusste, sie brauchen immer gute Pferde«, erklärte Caius ruhig. »Also habe ich ihnen meinen Hengst Hercules angeboten. Er stammt aus Drusus' Zucht und ist eines seiner besten Tiere.«

Ich konnte es fast nicht glauben, was ich da hörte. Caius wollte tatsächlich sein wunderschönes Pferd opfern – für einen fremden Mann, mit dem er eigentlich nichts zu tun hatte.

»Das ist supertoll von dir«, rief ich ganz überwältigt. »Einfach fantastisch! Ich weiß gar nicht, was ich sagen soll. Dass du uns so hilfst, das ist der blanke Wahnsinn.«

Caius lächelte bescheiden. »Es ist schon alles so gut wie geregelt. Die Übergabe wird am 25. August stattfinden, am frühen Morgen, hinter der Arena.«

Thomas und ich wechselten einen Blick.

Ich räusperte mich. »Du, hör mal … hm … da ist noch eine Sache …«

Jetzt musste Caius alles erfahren, die ganze Wahrheit. Es brachte nichts mehr, um den heißen Brei herumzureden. Er musste wissen, dass wir aus der Zukunft kamen.

Abwechselnd erzählten Thomas und ich ihm die ganze Geschichte.

Wie erwartet riss Caius die Augen auf und wusste nicht, ob er uns glauben sollte oder nicht. Daher nahmen wir ihn auf einen Spaziergang mit und führten ihn zu unserer Zeitmaschine.

Natürlich war Caius mächtig beeindruckt. »Das darf nicht wahr sein! Ihr habt also wirklich die Wahrheit gesagt?«

Wir nickten.

»Das ist absolut fantastisch«, sagte Caius begeistert. »Ich fürchte nur, mein Lehrer Callimachos wird mir kein Wort davon glauben.«

»Keinen Ton über unsere Zeitmaschine zu anderen Leuten!«, schärften wir ihm sofort ein.

»Eigentlich hätten wir dir überhaupt nichts davon sagen dürfen, weil die Gefahr besteht, dass wir dadurch den Ablauf der Geschichte verändern«, sagte ich. »Aber wir mussten dir ja erklären, warum der 25. August für uns zu spät ist.«

Caius starrte auf den Vesuv. »Der Berg wird also in Kürze ausbrechen. Unglaublich.« Er schüttelte den Kopf.

»Am 24. August«, betonte Thomas. »Die Rennen werden gar nicht mehr stattfinden. Es wird eine fürchterliche Katastrophe geben, Caius. Pompeji wird völlig verschüttet werden. Erst in vielen Jahrhunderten werden Leute anfangen, an dieser Stelle zu graben, und sie werden die Reste der Stadt finden – und ihrer Bewohner.«

Caius schwieg.

»Es wäre gut, wenn du und deine Familie Pompeji rechtzeitig verlassen würdet«, sagte ich.

»Danke.« Caius schluckte. »Wenn das stimmt, was ihr sagt … dann seid ihr unsere Lebensretter. Und dann ist es auch unbedingt nötig, dass dein Onkel vorher freikommt.« Er schnitt eine Grimasse. »Bloß wie?«

Schließlich fiel ihm noch ein, dass der Vertreter der Blauen einmal das Amphitheater erwähnt hatte. »Es ist also gut möglich, dass dein Onkel in irgendeinem Raum in der Arena gefangen gehalten wird!«

»Bestimmt gibt es eine Möglichkeit, ihn dort herauszuholen, und zwar vor dem 24. August«, sagte ich hoffnungsvoll.

»In der Arena kenne ich mich nicht aus«, erwiderte Caius. »Ich verabscheue die Zirkusspiele. Gladiatorenkämpfe schaue ich mir nie an. Ich finde es scheußlich, wenn sich die Leute gegenseitig abschlachten. Mit Tapferkeit hat das meiner Meinung nach nichts zu tun. Selbst die Wagenrennen finde ich grauenvoll. Ich mag das alles einfach nicht – vermutlich, weil sich mein Vater so sehr dafür einsetzt.«

»Wir müssten einen Gladiator finden, der sich bestechen lässt und Magnus aus seinem Verlies befreit.« Ich dachte wieder laut nach.

Caius legte den Finger an die Nase. »Marius!«, stieß er aus.

»Wer ist Marius?«, fragten Thomas und ich wie aus einem Mund.

»Ein ehemaliger Gladiator. Früher war er ein Sklave, aber er hat so viele Kämpfe gewonnen, dass er sich freikaufen konnte«, erzählte Caius. »Das ist Jahre her. Marius kämpft schon lange nicht mehr in der Arena, aber vielleicht kann er uns weiterhelfen.«

Caius war wirklich Gold wert! Vielleicht konnten wir Magnus ja tatsächlich befreien!

»Ich kenne Marius von früher«, sagte Caius emsig. »Als kleiner Junge habe ich ihn oft in seinem Haus besucht. Er hat mir damals eine ganze Menge Tricks verraten, was ich tun kann, wenn mich andere Kinder ärgern. Allerdings war ich jetzt schon lange nicht mehr bei ihm.

Ich weiß gar nicht, ob er noch lebt. Doch wenn er gestorben wäre, hätte ich es sicher erfahren. – Kommt mit, wir gehen gleich zu ihm.«

»Ob das wirklich Sinn macht?«, fragte Thomas skeptisch.

Ich konnte verstehen, dass er langsam den Glauben daran verlor, den Prof noch rechtzeitig zu retten. Mir ging es ja ähnlich. Aber wir mussten uns an diesen Strohhalm klammern …

Der alte Gladiator

Wir folgten Caius mit gemischten Gefühlen. Was für ein ständiges Auf und Ab von Hoffnungen und Enttäuschungen! Ob es wirklich noch eine Chance gab, Onkel Magnus zu befreien? Würden wir jemals wieder nach Hause zurückkehren können?

Schließlich erreichten wir das Haus, von dem Caius gesprochen hatte. Zuerst öffnete niemand auf unser Klopfen. Das Haus war alt und sah schäbig aus. Die Tür hing schief in den Angeln, der Putz blätterte von den Wänden und das schadhafte Ziegeldach hätte längst ausgebessert werden müssen.

Offen gestanden sah es nicht so aus, als würde hier noch jemand wohnen.

Ein Vogel mit grauem Gefieder flog aus einer Ziegellücke.

»War das ein Falke?«, fragte Thomas und beschirmte seine Augen.

»Melanie wüsste es genau«, sagte ich und spürte wieder einen Stich.

Caius klopfte noch einmal. Diesmal hörten wir, wie drinnen jemand herbeischlurfte. Eine Stimme krächzte:

»Wer da?«

»Ich bin Caius, der Sohn von Varius Fortunatus.«

Jetzt wurde der Riegel zurückgeschoben und die Tür ging auf. Eine alte Frau steckte ihren Kopf heraus. Mit ihrer Raubvogelnase und dem spitzen Kinn sah sie aus wie eine Hexe. Das weiße Haar hing in Zotteln über ihre Schultern und ihre grünen Augen blitzten.

»Ja, du bist wirklich Caius. Ich erkenne dich wieder.« Sie musterte mich und Thomas. »Und wer sind die anderen?«

»Meine Freunde«, sagte Caius schnell. »Ist Marius da?«

»Er macht gerade ein Nickerchen, aber ich kann ihn wecken, wenn's wichtig ist.«

»Es ist äußerst wichtig!«

Die Alte hinkte ohne ein weiteres Wort davon.

»Das ist Atia, Marius' Frau«, erklärte uns Caius.

Etwa fünf Minuten später kam die Alte wieder. »Marius ist aufgestanden und erwartet euch im Innenhof.« Sie winkte uns ins Haus.

Es war die schäbigste Wohnung, die ich in Pompeji bisher gesehen hatte. Die Fliesen waren teilweise von den Wänden heruntergebrochen. Es gab Stockflecken, und dicke Spinnweben baumelten von der Decke herab. Es herrschte ein unglaubliches Durcheinander. Überall standen Möbelstücke im Weg herum. Außerdem schienen in den Räumen unzählige Katzen zu hausen, große und kleine, schwarze und getigerte. Und wie es stank! Ich war froh, als wir endlich in den Garten traten.

Auf einer Bank saß Marius, der ehemalige Gladiator, und streichelte eine kleine weiße Katze.

Einen Ex-Gladiator hatte ich mir eigentlich anders vorgestellt. Stärker. Brutaler. Aber vor uns saß ein freundlicher alter Mann, der offenbar seinen Frieden gefunden hatte. Man sah ihm an, dass er früher einmal kräftig gewesen war, aber seine Arme und Beine neigten bereits dazu, mager zu werden – wie bei vielen alten Leuten.

Caius blieb vor ihm stehen. »Sei gegrüßt, Marius.«

»Sei gegrüßt, Caius«, antwortete Marius. Er zwinkerte. »Weißt du noch?« Er streckte den Arm aus und sagte förmlich: »Heil dir, wir Todgeweihten grüßen dich!«

Caius lächelte. »Das hast du früher immer in der Arena sagen müssen, wenn der Kaiser da war.«

»Genau, mein junger Freund. Und wir haben es nachgespielt, als du ein Stöpsel von sieben, acht Jahren warst, erinnerst du dich?«

»Na klar.«

Das weiße Kätzchen sprang von Marius' Knien und huschte davon. Der Gladiator sah ihm nach. »Ich vermisse die Löwen, wisst ihr. Deswegen halte ich mir diese kleinen Raubkatzen hier. Sie können manchmal wilder sein als ihre großen Verwandten in der Arena!«

»Marius«, sagte Caius eindringlich. »Du musst uns helfen. Du bist der Einzige!«

»Ich helfe immer, wenn ich den Grund dafür einsehe«, entgegnete der Gladiator. »Doch wenn ihr gekommen seid, um mich zu bitten, jemanden für euch zu töten, dann seid ihr bei mir an der falschen Adresse.«

Caius erklärte ihm, worum es ging und dass er sogar bereit gewesen war, seinen Hengst Hercules herzugeben, damit mein Onkel freigelassen würde.

»Alles war schon perfekt arrangiert. Nur – der Austausch sollte am 25. August stattfinden, aber meine Freunde sagen«, Caius wies mit einer Kopfbewegung zu uns, »das sei zu spät.«

Der Gladiator hob verwundert die Augenbrauen. »Ihr seid noch so jung und habt so wenig Geduld? Ihr feilscht um Tage, wo ihr noch euer ganzes Leben vor euch habt?«

Ich schluckte.

»Es ist wegen des Vesuvs«, sagte ich leise. »Der Vulkan wird sehr bald ausbrechen und ganz Pompeji unter sich begraben.«

Marius kniff die Augen zusammen und fixierte mich. »Wie kannst du so sicher sein?«

»Du musst ihm glauben«, flehte Caius ihn an. »Hilf uns und verlasse die Stadt! Es wird Tausende von Toten geben und wer nicht flieht, wird unter der Asche begraben werden.«

Der alte Gladiator runzelte die Stirn. »Seid ihr Anhänger einer neuen Religion, die den Weltuntergang verkündet? Bist du etwa zu den Christen übergelaufen, Caius? Bei Jupiter! Willst du denn, dass man dich in der Arena den Löwen vorwirft?«

»Nein.« Caius schüttelte den Kopf. »Nichts von alledem. Diese beiden«, er deutete auf uns, »kennen die Zukunft. Sie wissen, dass eine Katastrophe über Pompeji hereinbrechen wird. Und es stimmt, was sie sagen, obwohl ich es dir nicht beweisen kann. Bitte glaub mir.«

»Hm.« Der Gladiator rieb sich das Kinn. »Mag sein, dass du Recht hast. Die Erde war unruhig in den letzten Tagen – wie ein Tier, das sich ab und zu im Schlaf bewegt. Schon möglich, dass es bald erwacht.«

Der Vesuv – ein schlafendes Ungeheuer. Das Bild war gar nicht so verkehrt!

Caius schluckte. »Du glaubst mir also?«

»Caius, ich kenne dich schon sehr lange und du warst immer ein ernsthafter, bedächtiger Junge. Wenn du dich sorgst, dann hat es einen Grund. Und wenn du mich um etwas bittest, dann nehme ich deine Bitte ernst.« Der Gladiator sah Thomas und mich an. »Jetzt sagt mir noch einmal genau, warum dieser Mann verschwunden ist und wo er sich aufhalten könnte.«

Es war ein total verrückter Plan, den sich der Alte dann ausdachte, und wir hatten so unsere Zweifel, ob er wirklich klappen würde. Auf dem Heimweg unterhielten wir uns über nichts anderes.

»Marius sieht doch ganz und gar nicht aus wie eine Dame«, sagte Thomas. »Selbst wenn er Frauenkleider anzieht. Man wird ihn sofort erkennen!«

»Du unterschätzt ihn«, widersprach Caius. »Marius kann hervorragend schauspielern. Ich weiß noch sehr gut, wie er früher Leute nachgeahmt hat. Es war täuschend echt!«

»Und wer ist diese Cornelia, als die er sich ausgeben will?«, erkundigte ich mich. »Kann er auf diese Weise tatsächlich Zugang zu den Verliesen bekommen?«

Caius erzählte, dass sich viele Frauen von Rang und Namen für die Spiele interessierten. »Manche haben eine Vorliebe für bestimmte Gladiatoren. Ich weiß, dass Marius früher lange Zeit mit dieser Cornelia befreundet war. Nachdem er sich endlich freigekauft hatte, war er oft Gast in ihrem Haus. Irgendwann ging die Freundschaft dann in die Brüche und inzwischen unterstützt Cornelia ganz offen die blaue Wagenpartei.« Caius grinste. »Ich glaube, Marius hat aus diesem Grund auch einen heimlichen Hass auf die Blauen und für ihn ist das Ganze jetzt eine gute Gelegenheit, ihnen eins auszuwischen. Sonst hätte er wohl nicht so bereitwillig mitgemacht.«

Ich nickte. Caius mochte Recht haben. Als wir Marius gefragt hatten, was er für seine Hilfe haben wollte, hatte er nur gelacht.

»Lasst es gut sein. Die Sache bringt mir eine Menge Spaß! Da kann ich endlich eine alte Rechnung begleichen.«

Wir konnten nur hoffen, dass der Plan funktionieren würde …

Magnus schreckte aus seinem Schlummer hoch. Schritte kamen den Gang entlang. Es war keine Essenszeit.

Würde man ihn jetzt den Löwen vorwerfen?

Oder wollte man ihn foltern? Ihn wieder mit endlosen Verhören quälen?

Er seufzte, lehnte seinen Rücken gegen die Steinwand und starrte auf die Tür. In den letzten Tagen hatte er viel Zeit zum Nachdenken gehabt.

Ihm war klar, dass er unzählige Dinge falsch gemacht hatte. Alles, was er in der letzten Zeit angepackt hatte, war ihm entglitten, aus dem Ruder gelaufen, hatte sich ins Gegenteil verkehrt. Angefangen hatte alles mit dem Intelligenztest für Archie. Der war zwar gut gemeint gewesen, aber damit hatte die Katastrophe erst begonnen. Dann seine Begeisterung für Rennwagen – selbstverständlich nur mit der Absicht, Regulus milde zu stimmen, um Kost, Logis und natürlich die Teile für die Zeitmaschine zu bekommen. Sein Schweigen den Blauen gegenüber – auch verkehrt ...

Anfangs hatte Magnus in seiner Zelle noch die Tage gezählt, aber inzwischen war er durcheinander gekommen. Der Vulkanausbruch musste jedenfalls unmittelbar bevorstehen. Vielleicht war es ja auch Zeit für ihn zu gehen. Möglicherweise war seine Lebensuhr abgelaufen und das Schicksal hatte ihn eingeholt ... Wahrscheinlich würde er diese Zelle nie mehr verlassen, sondern unter den Aschemassen qualvoll ersticken ...

Die Schritte kamen immer näher und plötzlich erhellte Fackelschein den Gang. Magnus schaute aufmerksam zur Zellentür. Ein Wächter – der mürrische Kerl, der ihm immer das Essen brachte –

führte eine vornehm gekleidete Dame neben sich her. Magnus blinzelte erstaunt. Vielleicht Julia, mit der er auf dem Fest ein wenig geflirtet hatte? Aber die hatte ihn doch sicher längst vergessen ...

Trotzdem schöpfte Magnus wieder etwas Hoffnung. Ob doch noch nicht alles verloren war?

Die Frau hatte ihr Gesicht verhüllt. Offenbar wollte sie nicht erkannt werden. Dann wechselten ein paar Silbermünzen den Besitzer. Nun wusste Magnus wenigstens, dass der Wächter bestechlich war.

Gespannt sah Magnus zu, wie dieser die Zellentür aufschloss, die Dame einließ, wieder zusperrte und dann hüstelnd fortging. Die Fackel hatte er zuvor in einen Halter gesteckt.

»Guten Tag«, sagte Magnus. Er war sich durchaus bewusst, dass er keinen besonders schönen Anblick bot. Seit Tagen in diesem Kerker, schmutzig und ungewaschen ... Normalerweise kam er gut bei Frauen an, aber unter diesen Umständen?

Was wollte sie?

Ein Schäferstündchen mit einem Gefangenen? Wollte sie sich von jemandem küssen lassen, der in ein paar Tagen den Löwen vorgeworfen wurde?

Magnus schluckte. »Was wollt Ihr von mir?«

»Nicht das, was du denkst.«

Was für eine tiefe Stimme!

In Magnus stieg ein Verdacht hoch. Er bemerkte ihre kräftigen Hände. Männerhände.

Er fing an zu schwitzen. Da hatte sich jemand als Frau verkleidet. Wozu? Um ihn zu ermorden?

»Wenn du mich töten willst, mach's kurz«, sagte Magnus. »Stoß mir schon den Dolch in die Rippen. Dann ist es wenigstens vorbei.«

»Was redest du denn da für einen Unsinn!«, sagte der verkleidete Fremde. »Ich will dich nicht töten, ich will dich retten. Beeil dich, wir haben wenig Zeit. Wir müssen die Kleider tauschen. Ich habe den Wächter bestochen, damit er uns für ein Viertelstündchen allein lässt. Er denkt natürlich, dass ich mich mit dir vergnügen will.«

Magnus konnte es nicht fassen. Das musste ein Fiebertraum sein! Wahrscheinlich war er bewusstlos geworden und seine Fantasie gaukelte ihm nun diese wunderbare Wendung vor.

»Übrigens, schöne Grüße von deinem Neffen«, sagte der Fremde. »Und von Thomas. – So, jetzt beeil dich aber. Oder bist du so schwach, dass du dich nicht mehr alleine ausziehen kannst?«

Allmählich dämmerte es Magnus, dass das Ganze doch kein Traum war. Trotzdem fühlte er sich wie in Trance, als er seine schmuddeligen Klamotten abstreifte und die stark parfümierten Frauenkleider anzog.

War es nicht der blanke Wahn? Da stand vor ihm ein splitternackter Fremder und gab ihm Anweisungen, wie er sich zu verhalten habe.

»Verstell deine Stimme, wenn du hinausgehst. Sprich hoch und möglichst wenig. Du bist Cornelia, eine Dame aus vornehmem Haus! – Mann, und pass auf, dass dein Busen nicht verrutscht! Ich hab mir solche Mühe damit gegeben.«

Er machte sich an dem Polster unter Magnus' Kleid zu schaffen, bis es an der richtigen Stelle saß.

Magnus befingerte seine ungewohnten Formen.

»Ich komm mir ganz schön blöd vor.«

»Darüber kannst du dir später Gedanken machen. Los, die Perücke. Und das blaue Tuch um Kopf und Schultern. Mehr ins Gesicht, so, ja. Und achte auf deinen Gang! Mach kleine, zierliche Schritte. Und es schadet nichts, wenn du die Hüften dabei etwas schwingst.«

»Herrje.« Magnus fühlte sich überfordert.

»Ach was, das schaffst du schon! Denk dran, in ein paar Minuten bist du frei und triffst deine Freunde wieder. Dafür kannst du doch mal ein bisschen mit dem Hintern wackeln.«

Der Fremde schlüpfte nun in Magnus' abgelegte Kleider. Dann standen sie einander gegenüber und sahen sich das erste Mal richtig ins Gesicht.

»Wer bist du?«, fragte Magnus. »Warum hilfst du mir?«

»Ich bin Marius, ein ehemaliger Gladiator. Die Blauen werden sehr überrascht sein, mich hier zu finden. Und mit dem Anführer habe ich noch ein Hühnchen zu rupfen.« Marius lächelte. »Mach dir keine Sorgen um mich. Heute Abend bin ich frei und werde Pompeji noch rechtzeitig verlassen.«

»Du weißt ... weißt das mit dem Vesuv?«

»Ja. Die Jungs haben mich gewarnt. Ich habe zwar keine Ahnung, ob es stimmt, aber eigentlich wollte ich sowieso schon lange aus dieser Stadt wegziehen. Atia, meine Frau, hat sich immer geweigert. Jetzt habe ich wenigstens einen triftigen Grund.«

»Der Boden ist unruhig«, sagte Magnus. »Hier in der Zelle spürt man die Erdstöße ganz genau. Gestern waren es wohl so sechs bis acht. Es wird nicht mehr lange dauern. Welches Datum haben wir?«

Marius dachte nach. »Die Iden des August sind vorbei«, er nahm die Finger zu Hilfe, »seit fünf, nein, seit sieben Tagen.«

»Dann ist heute schon der zweiundzwanzigste August«, sagte Magnus. »Nur noch zwei Tage! Du musst wirklich die Stadt verlassen, morgen schon.

Im selben Augenblick hörten die beiden Männer Schritte auf dem Gang. Der Wächter kam zurück.

»Viel Glück!«, flüsterte Marius dem Prof noch zu, dann ließ er sich zusammengekrümmt aufs Stroh sinken. Magnus erkannte sofort seine eigene typische Haltung wieder. Marius war wirklich ein Mensch, der genau beobachtete!

Magnus, als Frau verkleidet, lehnte sich lässig an die Wand und zupfte an seinem Kleid herum.

»Die Zeit ist um«, verkündete der Wächter und sperrte umständlich die Tür auf. Magnus stakste nach draußen. Hoffentlich spielte er seine Rolle überzeugend!

»Na, gut amüsiert?«, fragte der Wächter anzüglich.

»Pfff!«, machte Magnus und säuselte mit hoher Stimme: »Ein Langweiler! Am besten, man wirft ihn so schnell wie möglich den Löwen vor!«

Der Wächter lachte dröhnend. »Enttäuscht?«

»Pfff!«, wiederholte Magnus.

Der Wächter gluckste vergnügt. »Wir haben noch mehr Gefangene. Also – falls Euch wieder einmal danach ist …«

Magnus zog es vor, sich in Schweigen zu hüllen. Der Wächter führte ihn durch endlose Gänge. Schließlich sperrte er eine kleine Nebentür auf und entließ den Prof ins Freie.

»Danke vielmals«, quiekte Magnus.

»Keine Ursache. Ihr wisst doch – jederzeit wieder.«

Magnus atmete erleichtert auf, als die Tür hinter ihm ins Schloss fiel. Einen Augenblick lang konnte er es nicht fassen. Es hatte geklappt! Er war frei!

Er atmete tief durch und trat aus dem Schatten des Gebäudes. Weil ihn die Sonne blendete, sah er nicht, wie eine Gestalt auf ihn zustürzte.

»Hallo, Tante Cornelia!«, rief Benjamin und fiel ihm um den Hals.

Der Untergang von Pompeji

Dieser verrückte Plan hatte tatsächlich funktioniert!

Thomas lachte sich fast tot über den Prof in Frauenklamotten. »Das sieht echt zu komisch aus!«, rief er immer wieder.

Onkel Magnus wurde ärgerlich. »Denkst du etwa, mir macht das Spaß?« Er riss sich die Perücke vom Kopf.

Ich überredete ihn, sie wieder aufzusetzen und seine Rolle noch ein bisschen weiterzuspielen, bis wir zur Werkstatt zurückgekehrt waren. Weil dort gerade alle mit den Wagen beschäftigt waren, konnten wir Cornelia unbemerkt hineinschmuggeln. Nur Tertius machte große Augen, als eine Dame auf den Heuboden stieg und sich dann als Magnus entpuppte.

Es war unsere letzte Nacht hier in Pompeji. Am nächsten Tag teilte Magnus Regulus mit, dass wir gehen würden.

»Du willst uns schon verlassen?«, fragte Regulus. Er schien es ernsthaft zu bedauern. »Ich dachte, du bleibst wenigstens bis zu den Rennen, damit du siehst, wie dein Wagen gewinnt.«

Magnus schob dringende Geschäfte vor. »Wir werden zu Hause erwartet.«

Zu Hause!

Nach Hause würden wir nur wieder kommen, wenn es dem Prof gelingen würde, die Zeitmaschine in Gang zu bringen. Sonst waren wir ziemlich aufgeschmissen.

»Euch allen wünsche ich Hals- und Beinbruch!«, verabschiedete sich Magnus. »Äh, und noch etwas …« Er zögerte. »Ich würde euch raten, morgen einen Ausflug zu machen, auf alle Fälle raus aus der Stadt, weit weg, reine Luft atmen, sich erholen …«

»Geht nicht«, widersprach Daedalus sofort. »Jetzt vor den Rennen müssen wir jeden Tag trainieren.«

»Tut es trotzdem«, sagte Magnus. »Glaubt mir, dieser Ausflug wird euch besser bekommen, als ihr denkt.«

Damit verabschiedeten wir uns. Thomas und ich trugen die Teile, die Onkel Magnus ausgesucht und die Regulus ihm so großzügig überlassen hatte.

Wenig später standen wir auf der Straße und schlugen den Weg zum Stabiaeer Tor ein.

»Unfassbar«, sagte ich und blickte an den mehrstöckigen Häusern empor. »In einem Tag ist hier alles kaputt.«

»Keine Macht der Welt kann den Ausbruch des Vesuvs verhindern«, sagte Magnus leise. »Und selbst wenn wir die Pompejaner warnen würden, wer würde uns glauben? Die meisten würden uns für Spinner halten und trotzdem in ihren Häusern bleiben.«

»Unser Freund Caius fährt morgen mit seiner Familie aufs Land«, berichtete Thomas. »Er hat seinen Vater schließlich doch dazu überreden können.«

Ich schnitt eine Grimasse. »Ja, weil er seinem Paps gesagt hat, dass er endlich mal richtig das Reiten im freien Gelände üben will.«

Armer Caius. Wahrscheinlich würde er zu seinem Wort stehen müssen. Wo er Reiten doch so sehr hasste. Aber es war immer noch besser, als unter Aschemassen zu ersticken.

In der Mittagshitze erreichten wir die Zeitmaschine. Der Knöterich, der sie zudeckte, war inzwischen braun und verdorrt, aber die Pflanzen in der Umgebung sahen ganz ähnlich aus, denn es hatte schon lange nicht mehr geregnet.

Während Thomas und ich unsere Lasten abluden, kletterte Onkel Magnus in die Maschine. Als er die Kabine betrat, huschte eine kleine Maus zwischen seinen Füßen hindurch. Ein kleines, harmloses und unscheinbares Tierchen. Aber für uns konnte so eine Maus katastrophale Folgen haben!

»Hoffentlich hat sie kein Kabel zernagt«, sagte Onkel Magnus besorgt.

Ich erschrak. Das fehlte gerade noch! Wir saßen hier buchstäblich auf einem Pulverfass und der Countdown lief. Wenn mein Onkel es nicht innerhalb von wenigen Stunden schaffte, die Zeitmaschine kurzzuschließen und auf Handsteuerung umzustellen, waren wir verloren!

»Bleib cool, Kumpel«, meinte Thomas und klopfte mir auf die Schulter. »Es bringt überhaupt nichts, wenn wir jetzt die Nerven verlieren.«

Stimmt. Und der Prof hatte ja auch schon mehrfach bewiesen, dass er unter Zeitdruck besonders gut arbeiten konnte. Da lief er sozusagen zur Höchstform auf. Trotzdem ... Wie sagte ein Sprichwort: In der Eile liegen Fehler. Und die konnten wir uns jetzt gerade überhaupt nicht leisten!

Magnus holte den Werkzeugkasten aus der Maschine, öffnete ihn und begann mit seiner Arbeit. Wir fragten ihn, ob wir ihm irgendwie helfen könnten, aber er schüttelte nur den Kopf. Da er versuchen wollte, von außen an die Steuerung heranzukommen, musste er etliche der Solarzellen-Platten abschrauben. Ab und zu fiel eine Schraube herunter, die durften wir dann gnädigerweise suchen. Aber mehr nicht.

Also hockten wir die meiste Zeit im verdorrten Gras und schauten zu. Es war bitter, zum Abwarten verdammt zu sein und nichts tun zu können.

Außerdem war der Anblick der auseinander genommenen Maschine ziemlich deprimierend. Es erinnerte mich an die Tage, in denen Onkel Magnus die Zeitmaschine gebaut und damit herumexperimentiert hatte. Damals hatten wir uns gefragt, ob das Ding je funktionieren würde …

Wenn wir geahnt hätten, dass wir mal so in der Patsche sitzen würden, hätten wir die Zeitmaschine dann überhaupt fertig gebaut?

In meinem Kopf kreisten lauter solche Fragen, die jetzt keinen Sinn mehr machten, weil es ohnehin zu spät war.

Je länger Onkel Magnus herumwerkelte, desto mehr sank unsere Hoffnung. Wir trauten uns kaum noch, ihn anzusprechen.

»Kommst du voran?«

»Hmmmmmm …«

»Können wir dir wirklich nicht helfen?«

»Nein!!«

Etwa zehn Minuten später: »Irgendwelche Fortschritte?«

»Herrgott noch mal«, fluchte der Prof. »Jetzt haltet doch endlich mal die Klappe! Wie soll man da einen klaren Gedanken fassen?«

Spätestens an diesem Punkt wusste ich, dass bei ihm alles schief lief. Schließlich kannte ich meinen Onkel gut genug. In stummer Verzweiflung rupfte ich einen Grashalm nach dem anderen ab.

Uns blieben nur noch ein paar Stunden. Eigentlich war es höchste Zeit aufzubrechen, wenn wir den Ausbruch des Vesuvs überleben wollten. Aber das bedeutete, dass wir die Zeitmaschine im Stich lassen mussten.

UND ZWAR JETZT!

»Onkel Magnus«, begann ich zögernd, »sollten wir nicht lieber gehen? Es wird bald dunkel.«

»Gehen?«, bellte er. »Wohin?«

Thomas und ich sahen uns an und zuckten mit den Schultern. Wir wussten wirklich nicht mehr, was wir tun sollten. Ich glaube, Thomas war überzeugt, dass mein Onkel allmählich durchdrehte. Oder er hoffte auf ein Wunder, das die Maschine doch noch in Gang bringen würde.

Ich seufzte.

Es wurde finster. Ich legte mich rücklings ins Gras und betrachtete den Sternenhimmel.

Vielleicht war das jetzt meine allerletzte Nacht.

Ich hatte mir nie große Gedanken darüber gemacht, was nach dem Tod kommen würde. Klar, irgendwie hoffte ich schon, dass es weiterging – wenn ich mir auch nicht vorstellen konnte, wie.

Nach dem Tod meiner Mutter hatte ich mir oft ausgemalt, dass sie mich von »drüben« aus beobachten würde. Mit der Zeit hatte ich diese Vorstellung jedoch aufgegeben. Denn wenn sie mich beobachten und sehen konnte, warum sprach sie dann nicht mit mir? Warum gab sie sich dann nicht zu erkennen, kein einziges Mal?

Sie musste doch merken, wie sehr ich sie vermisste!

Oder war ihr das egal? War man im Jenseits so beschäftigt, dass man keinen Gedanken mehr an sein früheres Leben verschwendete?

Wahrscheinlich war mit dem Tod sowieso alles vorbei. Aus. Finito. Man wurde zu Staub und das Einzige, was von einem übrig blieb, waren ein paar Zähne mit Plomben.

Eigentlich hatte ich gar keine Lust zu sterben. Nicht jetzt schon. Ich hatte doch noch so viel vor. Beispielsweise Marie-Lotte zu reparieren …

»Thomas«, fragte ich in die Dunkelheit hinein, »woran denkst du gerade?«

Er gab keine Antwort.

»Ich will nicht sterben«, sagte ich.

»Ich auch nicht«, erwiderte er.

Ich überlegte, ob wir nicht einfach gehen sollten, Thomas und ich. Aber ich konnte meinen Onkel doch nicht im Stich lassen.

Er arbeitete noch immer wie ein Besessener – im Schein der Taschenlampe, die immer schwächer wurde. Ich gab dem Ding noch maximal eine Viertelstunde.

So war es dann auch.

»Verdammter Mist!«, fluchte Onkel Magnus, als er im Dunkeln stand. Er knipste die Lampe ein paar Mal an und wieder aus – vergebens. Die Batterie war leer.

Ob er jetzt zur Vernunft kommen würde? Ob er jetzt einsehen würde, dass wir diesmal versagt hatten und nicht ins einundzwanzigste Jahrhundert zurückkehren würden? Dass wir nur noch unser Leben retten konnten – unser nacktes, pures Leben?

Nein.

Offenbar glaubte er immer noch daran, dass wir von hier wegkommen würden.

»Wenn ich kein Licht habe, kriege ich das Ding natürlich nie flott!«, knurrte er.

Thomas schlug vor, zu Fuß nach Pompeji zurückzukehren und in der Stadt ein paar Öllampen zu besorgen.

Doch der Prof hielt nichts von der Idee. »Da brecht ihr euch nur den Hals«, meinte er. »Und die blöden Ölfunzeln geben sowieso kaum Licht.«

Er legte sich zu uns ins Gras. »Ich muss einfach warten, bis die Sonne wieder aufgeht.«

In mir krampfte sich alles zusammen.

Mein Instinkt sagte mir, dass ich aufstehen und gehen musste, wenn ich überleben wollte. Nicht irgendwann, sondern JETZT!

Ich tat es nicht, sondern blieb im Gras liegen.

Unter mir vibrierte der Boden – wie er es in den letzten Tagen so oft getan hatte. Ich hatte das Gefühl, dass die Erde lebendig war.

Es war das Atmen des Ungeheuers.

Melanie band zum wiederholten Mal ihre Turnschuhe zu, weil sich im nassen Gras die Schnürsenkel gelöst hatten. Während sie in die Hocke ging und diesmal einen Doppelknoten machte, blieb Major neben ihr stehen und wedelte ungeduldig mit dem Schwanz.

»Okay, okay, ich beeil mich ja schon«, murmelte Melanie. »Ich will ja auch wissen, was los ist.«

Sie richtete sich auf. Der Himmel hatte sich mittlerweile wieder vollständig bezogen. Anscheinend hatte die Sonne nur ein kurzes Zwischenspiel gegeben. Melanie seufzte. Je mehr sie sich der Tropfsteinhöhle näherte, desto größer wurden ihre Sorgen. Sie hatte keine Ahnung, was sie dort erwartete. Vielleicht hätte sie doch lieber gleich den Rettungsdienst und das Technische Hilfswerk verständigen sollen ...

Melanie warf einen Blick auf ihr Handy. Sie war fest entschlossen, damit sofort Hilfe herbeizurufen, falls der Professor und die beiden Jungen in Gefahr waren. Die Entdeckung der Zeitmaschine würde zwar unweigerlich einen Skandal auslösen, aber das musste sie in Kauf nehmen. Das Leben ihrer drei Freunde war wichtiger.

Halb rutschend kletterte Melanie den Abhang zu dem stillgelegten Steinbruch hinunter. Sie hörte, wie Major neben ihr hechelte. Das war das einzige Geräusch weit und breit. Sonst herrschte Totenstille, kein Vogelgezwitscher, nichts.

Melanies Herz schlug heftig, als sie sich der schief gewachsenen Fichte näherte, hinter der sich der Eingang zur Tropfsteinhöhle verbarg.

»Such Benjamin«, sagte sie zu Major. »Los, such!«

Der Labrador gehorchte und sprang voran. Er verschwand hinter der Fichte und kurz darauf hörte Melanie ihn im Felsinnern bellen. Sie beeilte sich, ihm zu folgen.

Im Höhlengang war es kühl und roch modrig. Melanie begann zu frösteln, aber das kam nicht nur von der Kälte.

Anfangs reichte noch das Licht, das von außen hereinfiel, aber nach wenigen Metern schaltete sich die Beleuchtung ein. Melanie stieß den Atem aus, den sie unwillkürlich angehalten hatte. Wenigstens das Licht funktionierte also noch!

Ein paar Schritte weiter wurde sie von Archies Computerstimme aufgefordert, sich zu identifizieren – eine Vorsichtsmaßnahme, die verhindern sollte, dass Fremde in die Höhle eindrangen und die Zeitmaschine entdeckten.

»Melanie Jeschke«, sagte Melanie laut. »Du kennst mich doch, Archie.«

»In Ordnung«, ertönte Archies Stimme. »Du kannst weitergehen.«

Es wurde heller.

»Wo sind Thomas und Benjamin?«, fragte Melanie ungeduldig, in der Hoffnung, dass die künstliche Intelligenz Archie ihr eine Antwort geben würde. »Und der Prof? Ist ihnen etwas passiert?«

Sie lauschte, doch aus dem Lautsprecher über ihr kam nur leises Knistern und Knacken. Melanie biss die Zähne zusammen und ging so schnell weiter, wie es der feuchte, rutschige Boden zuließ. Major war schon weit vorausgelaufen. Diesmal hatte Melanie keinen einzigen Blick für die Schönheit der Tropfsteinhöhle. Sie wollte nur wissen, was mit den anderen geschehen war.

In der Höhle waren keine Schäden zu erkennen. Je weiter Melanie vordrang, desto beruhigter wurde sie. Offenbar war kein Gang verschüttet.

Aber warum hatte sich der Prof dann vorhin nicht gemeldet? Und warum gab Archie keine Antwort?

Melanie erreichte die große, natürliche Treppe, die in die Halle mit dem Höhlenfluss führte. Sie sah sofort, dass die Zeitmaschine verschwunden war. Sonst stand das eiförmige Gebilde auf der kleinen Insel, die von den beiden Armen des Höhlenflusses gebildet wurde.

Major war schon bis zur Holzbrücke gelaufen, die über den Fluss zur Insel hinunterführte, wedelte mit dem Schwanz und bellte.

Melanie schluckte. Im ersten Augenblick war sie überwältigt von Zorn und Eifersucht. Sie hatte das Gefühl, dass sie reingelegt worden war.

»Sie sind ohne mich gefahren, Major! Und mir haben sie erzählt, dass sie mit Archie einen Test machen. In Wirklichkeit wollten sie mich einfach nicht dabeihaben!«

Ihre Augen füllten sich mit Tränen. Das geschah bei ihr nur selten, dafür musste sie schon sehr, sehr wütend sein. So wie jetzt.

Sie kam sich ausgeschlossen vor – und das war etwas, was sie überhaupt nicht ertragen konnte. Bestimmt hatte Benjamin sich die Sache ausgedacht. Der konnte sie ja ohnehin nicht leiden ...

Melanie dachte an den Friedensschluss vorhin mit ihm. Wie hatte sie nur so dumm sein können!

Sie schniefte und wischte sich über die Augen. Dann blickte sie auf die große Computeranlage, die am Ufer stand. Sie schien unbeschädigt zu sein. Archie, der die Zeitmaschine steuerte, war mit dieser Computeranlage vernetzt.

Allmählich verrauchte ihre Wut und ihr kühler, sachlicher Verstand gewann wieder die Oberhand. Sie begann nachzudenken.

Jedes Mal, wenn sie eine Zeitreise unternommen hatten, waren sie so ziemlich exakt zu ihrer Abfahrtszeit auch wieder zurückgekehrt. Während sie in der Vergangenheit tagelang Abenteuer erlebt hatten, war in der Gegenwart so gut wie keine Zeit vergangen.

Melanie überlegte. Selbst wenn ihre Vermutung stimmte und die anderen eine Zeitreise ohne sie unternommen hatten – sie hätten längst wieder zurück sein müssen!

»O Major!« Melanie stöhnte. »Da ist bestimmt wieder mal was ganz gehörig schief gegangen.«

Der Labrador winselte, kam zu ihr und schmiegte sich an ihre Beine.

Melanie ging langsam auf die Computeranlage zu. Der stationäre Archie wusste sicherlich, wohin die anderen gefahren waren. Die letzten Daten waren bestimmt gespeichert. Aber ob Archie ihr Auskunft geben würde? Schließlich war sie nur Melanie und nicht Professor Ambrosius, der die künstliche Intelligenz gebaut hatte.

Sie musste es zumindest versuchen.

»Archie«, sagte sie freundlich, »kannst du mich hören?«

Keine Reaktion.

Ob die Erschütterungen den Computer vielleicht beschädigt hatten? Melanie ging vorsichtig um die Anlage herum, aber sie konnte nichts entdecken.

»Archie«, versuchte sie es noch einmal. »Bist du da?«

Es begann im Lautsprecher zu rauschen.

»Ja-aaa«, ertönte dann Archies Stimme. Sie klang ziemlich genervt.

Melanie fiel ein Stein vom Herzen. Archie funktionierte also noch und konnte ihr Auskunft geben. Das hieß, falls er ihr Auskunft geben wollte. Anscheinend war er nicht gut drauf.

Sie musste behutsam vorgehen, wenn sie ihm die nötigen Informationen entlocken wollte.

»Wie geht's dir denn so?«, fragte sie und versuchte, ihre Stimme möglichst ungezwungen klingen zu lassen.

»Ich habe keine Lust mehr auf das dämliche Frage- und Antwort-Spiel«, kam es sofort aus dem Lautsprecher.

»Ich will nicht mit dir spielen.« Melanie zögerte. »Ich will nur ein paar Auskünfte.«

»Ich wurde gebaut von Magnus Ambrosius, der von seinen Eltern gezeugt wurde und nach sieben Monaten zur Welt kam. Er schuf mich nach seinem Bild und verlieh mir all sein Wissen«, ratterte Archie herunter. »Unsere Gedanken sind sehr ähnlich, manchmal sogar haargenau gleich. Der Meister ist mein Vorbild und ich lernte von ihm, mit meinen Emotionen umzugehen. ABER ICH BIN KEIN MÖRDER! DAS MACHT MICH SAUMÄSSIG WÜTEND!«

Melanie zuckte zusammen. Was war da vorgefallen? Ihr brach der Schweiß aus, obwohl es in der Tropfsteinhöhle sehr kühl war. Hatte Archie versehentlich einen Unfall mit der Zeitmaschine verursacht? Waren ihre Freunde dabei umgekommen?

Ihre Stimme versagte, sie musste zweimal ansetzen.

»Niemand macht dir Vorwürfe, Archie.« Es war kaum mehr als ein Flüstern. »Aber jetzt sag mir, was passiert ist.«

»Ich kann nichts dafür, dass die Erde gewackelt hat«, murmelte Archie.

»Na klar, das war ein Erdbeben.« Melanie atmete tief durch. »Das haben sie vorhin im Radio gesagt.«

»Ich konnte es auch nicht aufhalten.«

»Natürlich nicht. Das kann kein Mensch. Und erst recht kein Computer.«

Es knisterte wieder im Lautsprecher, so als fiele Archie das Reden schwer. »Aber mein Meister meinte, ich sei schuld. Er befahl mir, mit dem Wackeln aufzuhören. Ich konnte seinen Befehl jedoch nicht befolgen. Da nannten sie mich MÖRDER. Deswegen ... deswegen ... hab ich sie fortgeschickt.«

»Als Strafe?«, entfuhr es Melanie.

»Aber nein!« Archies Stimme klang empört. »Ich wollte sie aus der Gefahrenzone bringen, falls die Höhle einstürzt.«

Melanie schluckte. »Okay. Und wo sind sie jetzt?«
»Ich müsste in meinem Speicher nachsehen.«
»Tu das. Schnell. Bitte!«

Ich hatte tatsächlich geschlafen! Mein Leben dauerte vielleicht nur noch wenige Stunden und ich pennte seelenruhig, als hätte ich alle Zeit der Welt.

Beim Aufwachen hätte ich schreien können. Ich sah den Vesuv und wusste, dass er uns umbringen würde. Uns und die vielen tausend Einwohner von Pompeji.

»Thomas«, krächzte ich. »Lass uns wegrennen. Bitte.«

Aber Thomas schüttelte den Kopf. »Er wird es schaffen«, sagte er.

Er meinte Onkel Magnus, der schon beim allerersten Sonnenstrahl aufgestanden war und wieder an der Zeitmaschine herumbastelte. Aus Regulus' Eisenstangen hatte er einen Würfel zusammengebaut und versuchte nun verzweifelt, die Energie von der Zeitmaschine auf seine neue Konstruktion umzuleiten. Aber es funktionierte nicht.

Ich schlotterte vor Nervosität und Ungeduld am ganzen Körper, aber Onkel Magnus blieb bemerkenswert ruhig. Nicht einmal seine Hände zitterten.

»Das Ding hat einfach keinen Saft«, murmelte er. »Entweder haben wir schon bei unserer Landung keine Energie mehr gehabt oder der Akku hat sich nach und nach entladen.«

Er schraubte die Solarplatten wieder an und entfernte von der Oberseite die letzten Knöterich-Ranken, sodass die Zeitmaschine nun mit all ihren Solarzellen Sonnenenergie aufnehmen konnte. Trotzdem stand der Energieanzeiger nach einer Stunde immer noch auf null.

Ich kletterte selber in die Zeitmaschine und starrte auf den Anzei-

ger, so als könnte ich ihn mit meiner Gedankenkraft beeinflussen. Aber es tat sich nichts. Natürlich.

Ich war so wütend, dass ich mit aller Kraft gegen das Schaltpult trat.

»Bist du verrückt, Benni?«, brüllte Onkel Magnus.

Doch für einen kurzen Moment flackerten ein paar Lichter auf, die sogleich wieder erloschen.

»Ein bisschen Energie ist da!«, rief ich aufgeregt. »Vielleicht ist der Anzeiger kaputt.«

»Wenn ich nur die Handsteuerung aktivieren könnte!« Der Prof schloss noch einmal seine Eisenkonstruktion an die Zeitmaschine an. Diesmal sprang knisternd Energie über und die Hälfte des Eisenmaterials verschwand vor unseren Augen.

»Verflixt!«, stieß Onkel Magnus aus. »Es funktioniert, aber weiß der Henker, wo die Stangen hingekommen sind! Ich könnte euch beide jetzt ins Nirgendwo schicken, aber das wäre noch riskanter, als in Italien zu bleiben.«

Während er weiterarbeitete, schielten Thomas und ich immer wieder zum Vesuv hinüber, der noch ganz ruhig zu sein schien.

»Kaum zu glauben, dass sich da etwas tun wird«, murmelte Thomas.

»Vielleicht haben sich die Wissenschaftler auch im Datum geirrt«, sagte ich. »Möglicherweise haben sie sich um ein Jahr vertan. So genau kann man das doch gar nicht mehr feststellen.«

Ich war inzwischen nervlich so weit runter, dass ich mir unbedingt selber etwas vormachen wollte.

»Es gibt einen Brief von einem Römer namens Plinius«, sagte Onkel Magnus, eine Schraube zwischen den Lippen. »Übrigens ein beliebter Lateintext in der Schule, jedenfalls zu meiner Zeit. Dieser

Mensch war Augenzeuge der Katastrophe. Sein Onkel ist dabei ums Leben gekommen. Plinius nennt in seinem Brief den 24. August als Datum. Das ist heute.«

»Kann doch sein, dass er sich verschrieben hat«, sagte ich. Ich wollte nicht sterben, und schon gar nicht heute. »Manchmal verhaue ich mich auch um ein oder zwei Tage. Irren ist menschlich.«

Thomas und mein Onkel schienen einen Moment lang verunsichert zu sein. Vielleicht war es wirklich so gewesen?

»Hm. Warten wir's ab«, brummte der Prof.

Ich schaute unterdessen zum Meer.

»Guckt mal«, sagte ich und streckte meinen Arm aus. »Das Meer! Lauter Wellen! Wie die Schiffe hin- und herschaukeln! Dabei ist es doch völlig windstill!«

»Komisch«, sagte Thomas. »Vielleicht kommt die Flut zurück.«

In diesem Moment fiel uns auf, wie still es war. Die Vögel sangen nicht mehr. Ihr Gezwitscher war verstummt.

»Unheimlich«, murmelte ich.

»Kann mir mal einer von euch etwas halten?«, fragte der Prof aus der Zeitmaschine. Thomas und ich stürzten gleichzeitig los.

Onkel Magnus kniete am Boden, der Kopf steckte unter dem Armaturenbrett. »Ein paar Kabel haben sich gelockert. Und die Sicherung ist vermutlich auch durch.«

»Meinst du, dass es daran die ganze Zeit gelegen hat?«, wollte ich wissen, während ich zusammen mit Thomas eine Metallplatte zur Seite drückte, damit mein Onkel mehr Bewegungsfreiheit hatte.

»Ich kann's zwar nicht beschwören, aber möglich ist es«, meinte der Prof.

Wir schöpften neuen Mut. Vielleicht klappte es ja doch noch mit der Rückkehr! Ich war außerdem mehr und mehr davon überzeugt, dass sich dieser Plinius mit dem Datum getäuscht haben musste, denn die Sonne stieg immer höher und es tat sich nichts. Es war nur entsetzlich schwül.

»In schätzungsweise einer halben Stunde bin ich mit der Sache fertig«, kündigte Onkel Magnus an. »Dann probieren wir aus, ob es funktioniert. Halte die Platte mal ein Stück höher, Benni.«

Im gleichen Augenblick knallte es. Unglaublich laut. Ich hatte das Gefühl, dass die Erde explodiert.

Ich ließ alles fallen, was ich gehalten hatte, und presste die Hände auf die Ohren.

Zwei Sekunden später hagelte es verkohlte Steine vom Himmel.

Der Untergang!

Wir klammerten uns voller Panik aneinander. Es gab keinen Ausweg mehr. Die Katastrophe hatte begonnen ...

Nach einigen Minuten ließ der Steinhagel für eine kurze Zeit nach. Ich wagte es, aus der Zeitmaschine zu klettern, und schaute Richtung Norden.

Es war furchtbar!

Eine gewaltige Rauchsäule stieg aus dem Vesuv empor und verdunkelte den Himmel. Die Sonne verschwand, es wurde Nacht.

Das war die Hölle!

Der rauchschwarze Himmel schien uns zu überrollen und zu ersticken.

Die Erde bebte. In der Tiefe unter uns grollte es wie ein verwundetes Tier.

Und dann begann der Regen.

Es waren jedoch keine Tropfen, die vom Himmel fielen, sondern es war Asche. Die grauen Flocken fielen so dicht, dass ich die Zeitmaschine fast nicht mehr sehen konnte. Die Asche landete auf meinen Armen und Schultern. Erst jetzt spürte ich, wie heiß sie war.

Schreiend flüchtete ich mich in die Maschine.

Dann umschlangen mich plötzlich Mädchenarme.

Melanie.

Und Major, Asche im Fell, sprang an mir hoch.

Halluzinationen beim Sterben, ganz klar.

Gleich darauf setzte ein unheimliches Brausen ein. Ein Sturm. Ich spürte, wie mich ein mächtiger Windstoß umwehte. Und dann fiel ich und fiel ...

»Kannst du uns jetzt bitte verraten, wie du uns gefunden hast?«, fragte Magnus.

Benjamin hielt einen Lappen an seine Stirn, um seine Brandwunden zu kühlen. Melanie hatte das Tuch in den Höhlenfluss getaucht.

»Noch nie im Leben war ich so froh, dich zu sehen, Melanie«, murmelte Benjamin. Es fiel ihm immer noch schwer, zu sprechen. Die Todesangst steckte ihm noch in den Gliedern und er zitterte am ganzen Körper.

Melanie lächelte, obwohl sie insgeheim schockiert darüber war, wie mitgenommen er aussah. Dort, wo die heiße Asche auf seine Haut gefallen war, hatten sich rote Flecken oder Blasen gebildet.

»Das war wirklich Rettung in letzter Sekunde«, sagte Magnus, der genau wie die Jungen immer noch sein römisches Gewand trug. »Nun sag schon, wie hast du das Wunder vollbracht?«

Melanie grinste. »Ich war nur ein bisschen nett zu Archie, das war alles.« Sie berichtete, wie sie nach dem Erdbeben zur Tropfsteinhöhle gegangen war.

»Ich hatte mir nämlich Sorgen gemacht, dass die Höhle eingestürzt ist und dass ihr verschüttet seid. Als ich gesehen habe, dass die Zeitmaschine weg ist, habe ich mir sofort gedacht, dass bestimmt wieder mal was schief gegangen ist.«

»Und wie.« Magnus seufzte. »Wir haben eine Bruchlandung in Pompeji gemacht.«

»Ich weiß«, sagte Melanie. »Aber mit Archies Hilfe habe ich eure Position ausfindig machen können. Ich habe ihn angefleht, euch und die Zeitmaschine zurückzuholen. Dann gelang es uns, eine Zeitschleuse herzustellen.«

Thomas blickte auf den Höhlenboden, auf den sich im Umkreis von etwa dreißig Metern eine feine Ascheschicht gelegt hatte. Asche aus Pompeji. Selbst die Computeranlage war damit bedeckt.

»Das war Rettung im allerletzten Moment«, sagte er mit gepresster Stimme.

Melanie schluckte. »Manchmal ... manchmal braucht man eben ein bisschen Glück. Aber sollten wir nicht besser zurückgehen und Benjamins Wunden ordentlich mit Brandsalbe versorgen?«

»Ja, richtig«, meinte Magnus.

»Und wenn uns unterwegs Leute sehen?« Benjamin zupfte an seiner Tunika.

»Dann erzählen wir ihnen, dass wir eben nur ganz knapp den Untergang von Pompeji überlebt haben«, antwortete Magnus. »Das glauben die uns bestimmt.«

Thomas grinste und sah Melanie an.

»Was ist?«, fragte sie.

»Du kannst deiner Mutter eine SMS schicken«, sagte er. »Schreib ihr, dass wir verdammt stolz auf dich sind.«

»Ja, echt«, sagte Benjamin. »Eigentlich hast du jetzt einen Wunsch frei.«

»Egal, was es kostet«, meinte Magnus. »Sag ruhig, was du willst. Einen Theaterbesuch oder ein neues Handy ...«

Melanie schüttelte den Kopf. Sie lächelte. »Ich wünsche mir nur eines: dass ihr nie mehr einen Intelligenztest mit Archie macht. Das mag er einfach nicht.«

»Okay«, sagte Benjamin und Magnus fügte hinzu: »Versprochen.«

KLEINES SACH- UND PERSONENLEXIKON

Arena

Kampfbahn im Amphitheater.

Amphitheater

Ovales Stadion mit aufsteigenden Sitzreihen. In der Arena fanden die Spiele statt. Das Amphitheater von Pompeji fasste ungefähr 20.000 Zuschauer.

Forum

Markt- und Versammlungsplatz, auf dem wichtige Gespräche geführt oder auch Reden gehalten wurden.

Gladiator

Kämpfer in der Arena, oft Sklaven oder Verbrecher, die zum Tod verurteilt waren. Es gab verschiedene Arten von Kampftechniken. Gladiatoren kämpften gegeneinander oder gegen wilde Tiere, z. B. Löwen.

Herculaneum

Römische Siedlung an der Westseite des Vesuvs; beim Ausbruch des Vulkans 79 n. Chr. vollständig zerstört.

Kampanien

Landschaft im westlichen Süditalien.

Liquamen

Soße aus Fischinnereien und Essig; bei den alten Römern sehr beliebt und geschätzt.

Plinius (der Jüngere)

Er lebte von 62 bis 114 n. Chr. In zwei Briefen an den Geschichtsschreiber Tacitus berichtet er vom Ausbruch des Vesuvs im Jahr 79 n. Chr. Plinius ist der wichtigste Augenzeuge.

Pompeji

Der Ort wurde im 6. Jahrhundert v. Chr. gegründet. Der vulkanische Boden war sehr fruchtbar. 80 v. Chr. wurde Pompeji von den Römern erobert und war fortan eine römische Kolonie. Am 5. Februar 62 n. Chr. gab es ein heftiges Erdbeben, das in Pompeji große Zerstörungen anrichtete. Trotzdem glaubte niemand an eine Gefahr durch den Vesuv. Er galt als erloschener Vulkan. Am 24. August 79 n. Chr. brach der Vesuv jedoch aus. Es war eine furchtbare Katastrophe. Nicht alle Bewohner von Pompeji wurden getötet, viele konnten fliehen. Diejenigen, die sich aus Angst vor dem Stein- und Ascheregen in die Häuser und Keller flüchteten, erstickten unter der meterhohen Ascheschicht. Auch die nahen Siedlungen Herculaneum und Stabiae wurden durch den Vulkanausbruch vernichtet. Erst im 17. und 18. Jahrhundert wurde Pompeji wiederentdeckt und man begann mit den Ausgrabungen. Durch die Funde hat man viel über das römische Alltagsleben erfahren. Heute sind ungefähr drei Fünftel von Pompeji freigelegt und man macht immer wieder neue überraschende Entdeckungen.

Sesterz

Kleinste römische Silbermünze.

Spiele

Sie dienten zur öffentlichen Unterhaltung. Es gab zum Beispiel Gladiatorenkämpfe, Theaterstücke, Tierhetzen und Wagenrennen.

Stabiae

Römische Siedlung südlich von Pompeji, durch den Ausbruch des Vesuvs zerstört.

Thermen

Badeanstalt. Die Römer liebten es, jeden Nachmittag ins Bad zu gehen. Allein in Pompeji gab es drei Bäder. Männer und Frauen badeten getrennt.

Toga

Langes Obergewand (meistens aus feiner Wolle), das die römischen Bürger zu festlichen Anlässen trugen.

Tunika

Einfaches Alltagsgewand der römischen Männer und Frauen, etwa knielang.

Vesuv

Vulkan am Golf von Neapel in Italien. Der Vulkan ist immer noch aktiv.

Wagenrennen

Sie waren bei den alten Römern sehr beliebt. Es gab vier Wagenparteien: Die Weißen, Roten, Grünen und Blauen. Jede Partei hatte ihre Anhänger (oft waren auch sehr reiche römische Bürger darunter, die ihre Wagenpartei finanziell unterstützten). Bei den Wagenrennen wurden sehr hohe Wetten abgeschlossen. Ein siegreicher Wagenlenker konnte rasch berühmt werden und in kürzester Zeit viel Geld verdienen.

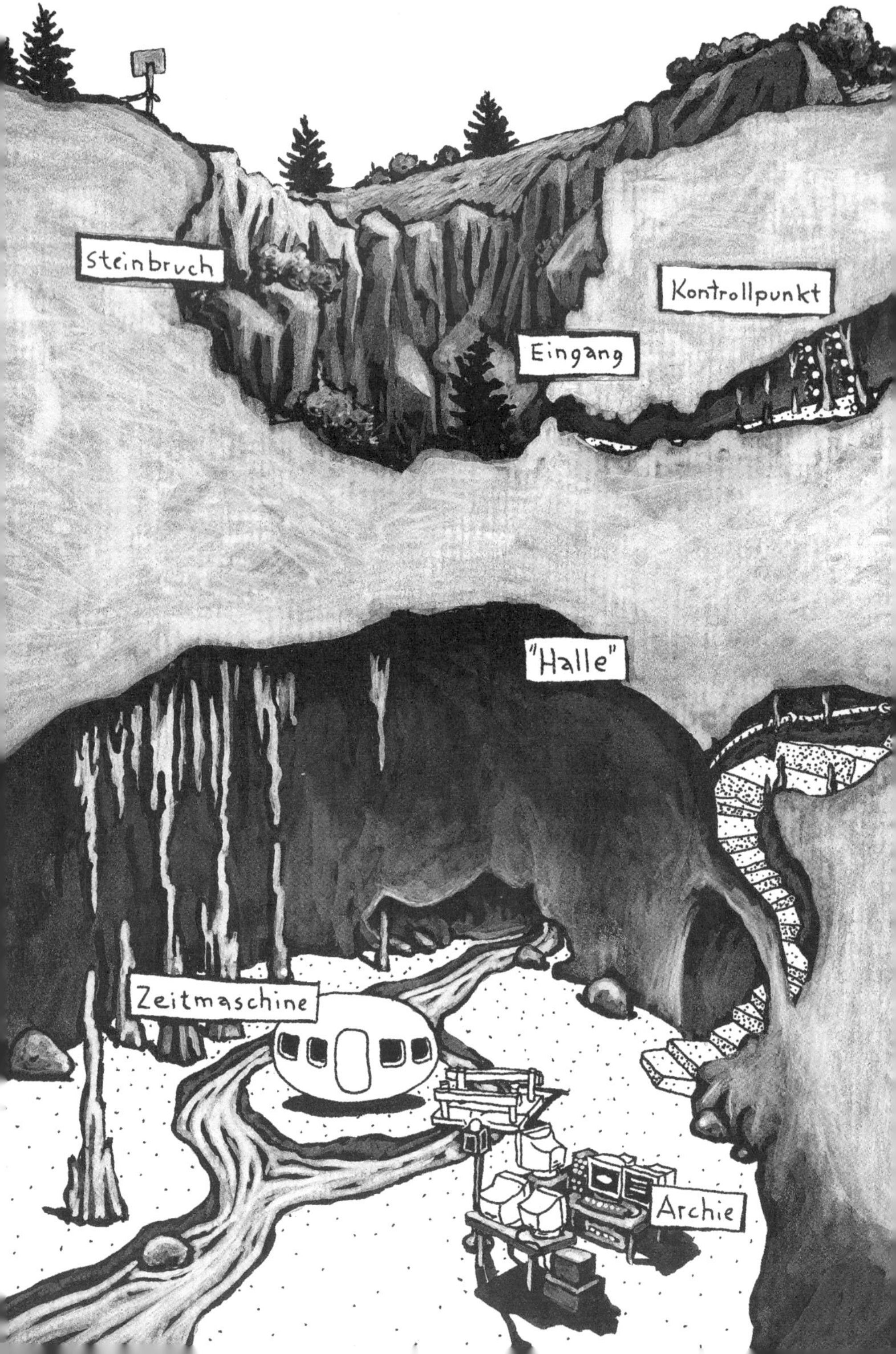
Steinbruch
Kontrollpunkt
Eingang
"Halle"
Zeitmaschine
Archie